D1421015

# Liefde in een fles

STICHTING NEDERLANDSE
**KINDERJURY**
2001

Rob Baetens
Liefde in een fles
© 2000 Uitgeverij Clavis, Hasselt
Omslagillustratie: Michel Gruyters
Trefw.: alcoholverslaving, gebroken gezin
NUGI 221
ISBN 90 6822 770 X - D/2000/4124/063
Alle rechten voorbehouden.

# Liefde
# in een fles

Rob Baetens

Uitgeverij Clavis, Hasselt

# Een doordeweekse avond

"Nee, papa! Niet doen!"

Bert dook schichtig weg onder de keukentafel en maakte zich zo klein mogelijk. Als een bang diertje hield hij zijn handen en zijn armen beschermend over zijn hoofd. Zijn hart bonsde.

"Kom hier, zeg ik je en snel! Of hoor je niet goed?"

Zijn vader ging boven hem als een dolle stier tekeer. Nog net ontweek Bert een woeste schop tegen zijn enkel. Hij was zijn vader te snel af. Hij kroop helemaal tegen de keukenmuur aan.

Uit ervaring wist de jongen dat hij geen keuze had. Er zouden klappen vallen. Als hij zijn schuilplaats niet meteen verliet, werd hij bekogeld met keukengerei. De vlucht onder de keukentafel bood slechts eventjes een veilig onderkomen.

"Zal ik je zelf maar komen halen dan?"

Een arm greep onder de tafel. Zijn vader steunde op de rand van de tafel en bukte zich. Hij hijgde zwaar. Hij greep zijn zoon bij een voet en sleurde hem van de muur weg.

Bang hield Bert zich vast aan een tafelpoot. Hij schopte met zijn vrije voet tegen de knellende hand. De tafel verschoof een eindje.

"Laat me los! Ik haat je!"

"Rotjong! Daar zul je voor boeten!"

Even bleef het stil. Bert bewoog niet. Zijn vader vloekte. Hij wreef over zijn pijnlijke hand.

"Snotneus! Je wordt met de dag opstandiger. Het wordt tijd dat je je lesje eens leert! Duurt het nog lang? Hier, zeg ik je!" blafte zijn vader en hij waggelde achteruit. De la met pannen schoof open. Bert kon zo voorspellen wat hem te wachten stond. Het gebeurde de laatste tijd steeds vaker. Telkens als zijn vader dronk, vielen er rake klappen. Zijn vader vond altijd wel een reden om te slaan.

"Kom bij mij! Je krijgt twee seconden."

Met bange oogjes piepte Bert onder het tafelblad uit. Zijn vader stond met een steelpan in zijn hand. Hij zwaaide er uitdagend mee. Bert wist dat hij niet zou aarzelen om ermee te smijten. Op een keer had hij zelfs eens met een lege wijnfles gegooid. Een glasscherf maakte toen een snede in Berts wang. Het litteken was nog vaag te zien. Het zat vlak onder zijn rechteroog.

"Ach, daar ben je. Kom je?"

Bert haatte het toontje waarop hij dat elke keer vroeg. Het klonk alsof hij het tegen een weerloos jong hondje had dat hongerig op zijn eetbakje toeliep. Hij kroop opnieuw weg onder de tafel. Protesteren zou niet meer helpen. Bert sloot zijn ogen en ademde diep in.

"Kom nou, Bert."

"Ik durf niet. Sla me alsjeblieft niet. Wat heb ik misdaan?"

Met een doffe slag kletterde de pan tegen de muur en miste op een haar na zijn hoofd.

De jongen beefde van schrik. In paniek schoof hij naar voren. Hij wist dat het zou gebeuren.

Hij hoopte elke keer dat zijn vader niet zo ver zou gaan. Hij had beter moeten weten. Te veel drank maakte zijn vader agressief en zweepte hem op. Het was of er een onherkenbaar persoon bezit nam van zijn lichaam.

"Ik sla wanneer ik wil, Bertje. Ik ben je vader."

"Echte vaders slaan niet."

"Ga je beweren dat ik geen echte vader voor je ben? Na alles wat ik voor jou heb gedaan? Hoe durf je?"

Dit was het ogenblik waarop vader ontstak in een blinde woede. Elke keer weer probeerde Bert zijn mond te houden, maar zijn vader sarde hem net zolang tot hij tegensprak. Hij hoorde hoe de vuist van zijn vader het tafelblad boven hem bijna spleet. Als hij niet voortmaakte, kon er ook nog een zwabber of een bezem volgen. Zijn vader draaide zijn hand niet om voor wat brokken.

Aarzelend schoof Bert onder de keukentafel uit, zijn handen voor zijn gezicht. Als zijn vader zou schoppen was zijn hoofd toch al min of meer beschermd. Zijn vader trok hem bij zijn haar overeind en greep hem bij de keel.

"Zeg nog eens dat ik geen echte vader ben. Ik sla je verrot."

Zijn adem stonk naar een brouwerij. Hulpeloos keek Bert zijn dronken vader aan.

Hij zag hem de laatste tijd wel vaker zo. Als een agressief, gewond beest zwalkte hij dan door het huis. Iedereen kon zich dan maar beter gedeisd houden. Dat beeld maakte Bert opstandig.

Hij kookte van woede, maar was niet opgewassen tegen zijn vader, zelfs niet als die in een dronken bui was. Bert was ook pas dertien. Vader was een beresterke kerel. De greep op zijn keel verstikte hem zowat.

"Bert, haal een biertje voor me."

"Haal het zelf. Je weet waar het staat, zuipschuit!"

Pats! Hij had zijn eerste mep vast. Zijn vader sloeg trefzeker. Bert probeerde zich te beheersen en te zwijgen, maar de woede in hem was zo groot dat hij met plezier een pak rammel incasseerde. Slaag krijgen wende snel. Hij kon onderhand wel wat hebben.

"Die verdomde ijskast is leeg! Loop even voor me naar de kelder een flesje halen."

"Mooi niet. In het krat in de kelder staan er geen meer. Ik bracht gisteren de laatste flesjes naar boven."

"Je gaat me toch niet zeggen dat er geen bier meer in huis

is?" Zijn ogen schoten vuur.

Bert hing onbeweeglijk in een wurggreep. Zijn vader liet niet los. Met zijn tenen raakte de jongen nog net de grond. Hij probeerde geluid voort te brengen, maar slaagde er niet in. Hij kon enkel zijn schouders ophalen.

"Wat heeft je moeder de godganse dag uitgevreten? Waar is ze?"

Bert zwaaide met zijn arm. Vader liet hem zakken. De greep verslapte. Bert hapte naar lucht. Hij tastte naar zijn pijnlijke keel en kuchte. Met één hand kon zijn vader hem wurgen als hij wilde. Hij had handen als kolenschoppen en zijn vuisten kwamen op Bert neer als brokken graniet.

"Waar is je moeder?"

"Gaan werken!"

"Werken? Dat ze eens begint met hier iets fatsoenlijks te koken."

"Ze heeft geen geld om te koken. Dat is ze nu gaan verdienen."

"Dat rotwijf!"

"Mama is geen rotwijf. Als zij niet werkt, verhongeren we. Er moet iemand geld binnenbrengen."

Vaders toon werd iets vriendelijker. Ook dat kende Bert. Als vader merkte dat klappen niets opleverden, probeerde hij het met voorgewende vriendelijkheid. Als hij maar aan bier kwam. Vader liet hem los, maar Bert bleef op zijn hoede. Het humeur van zijn vader kon zo weer omslaan. Als hij dronken was, was hij onberekenbaar.

Bert tastte naar zijn keel. Hoe zou hij de rode striemen en de blauwe plekken deze keer voor zijn leraren verborgen houden? Hij kuchte en hapte naar adem.

"Loop naar de kruidenier om zes blikjes bier. Je moeder hoeft het niet te weten."

8

"Je mag niet meer drinken."

"Wie zegt dat?" Vader grinnikte.

Bert zag het grappige van de situatie niet in. Hij wist wel dat vader niet meer voor rede vatbaar was als de drank bezit van hem had genomen. Tegen beter weten in probeerde hij de dronken man tot rede te brengen.

"Mama zegt het."

"Jij moet zwijgen tegen dat kutwijf."

"Mama is geen kutwijf! De dokter zegt dat als je niet ophoudt... "

"De dokter is een klootzak. Het enige wat die wil is me ergens laten opsluiten in een gekkenhuis. Ga bier voor mij halen, Bert. Kom."

"Nee. Ik wil niet. Drink een kop koffie."

"Van koffie krijg ik maagpijn. Jij gaat nu bier halen."

Bert vouwde demonstratief zijn armen voor zijn borst. Hij trotseerde zijn vader, zonder ook maar een moment zijn blik af te wenden. Zijn vader stond wankel op zijn benen. Misschien kon Bert hem wel aan. De zin bekroop hem zijn vader een koekje van eigen deeg te verkopen. Als hij nu eens loeihard uithaalde tegen zijn kin...

"Je wilt niet? Ben ik een duivel misschien?"

"Jij bent geen duivel, papa. De oorzaak van het kwaad zit in een bierflesje. De duivel zit in de drank. Onder elke kroonkurk zit de geest van Satan zelf."

"Wie heeft er aan jouw kop zitten zeuren?"

"Bier is een vijand."

"Ik maak van mijn vijand mijn vriend. Dat zouden meer mensen moeten doen. Wat is daar nu op tegen? De pastoor zou me feliciteren."

Zijn vader maakte ongecontroleerde en vreemde bewegingen met zijn gezicht. Zijn ogen vielen dicht. Vijf seconden later sperde hij ze weer open. Hij mummelde wat bij zichzelf. Allemaal voortekenen dat hij vlug in slaap zou vallen. Hij bracht zijn hand naar zijn voorhoofd en zuchtte diep. Het leek erop of hij elk moment in elkaar kon zakken. Bert wist dat hij dat maar speelde. Hij was nog niet zo ver heen dat hij niet meer op zijn benen kon staan. Door perfect acteerwerk probeerde hij op het schuldgevoel van zijn zoon te werken.

"Ga drank halen verdomme, of ik breek elk bot in je lichaam."

"De kruidenier geeft geen krediet meer."

"Zeg hem dat hij volgende week zijn geld krijgt. Ik ga morgen werk zoeken. Maak dat je wegkomt en kom niet terug zonder blikjes."

"Oké, ik zal het proberen."

Vaders gezicht klaarde op. Hij nam een keukenstoel en ging met zijn hoofd in zijn handen aan de tafel zitten.

Bert had zijn vader gepaaid met een loze belofte. Hij wist in de verste verte niet waar hij in hun buurt ergens bier kon krijgen. Elke kruidenier weigerde ook maar iets onbetaald mee te geven. Hij was trouwens vastbesloten nergens bier te halen. Om de dood niet.

Vader zat binnensmonds wat te brommen. Bert was vertrouwd met deze situatie. Hij wist dat hij op geen enkele opmerking meer moest reageren. Een straaltje kwijl liep uit vaders mond. Dit was het ogenblik waarop vader aan een dosis zelfbeklag toe was. Dan koesterde hij zijn zogenaamde tegenslagen. Af en toe praatte hij luidop met zichzelf.

"Waar heb ik dat verdiend? Problemen, altijd problemen. Miserie, altijd miserie."

Bert nam de geblutste steelpan en zette ze op het aanrecht. Bert was allang blij dat de deuk niet in zijn hoofd zat. Anders waren er beslist hechtingen aan te pas gekomen. Waarom was zijn vader zo'n klootzak geworden? Zo'n paardenlul?

"Blijf niet te lang weg. Koop een sixpack. Maak voort."

"Komt in orde, papa."

Bert zou stilletjes verdwijnen en hopen dat zijn vader in slaap viel en zijn roes zou uitslapen. Dan moest hij wel lang genoeg wegblijven. Hij zou zolang wel ergens rondhangen. Het belangrijkste was nu dat het muisstil werd in huis. Op dat moment wachtte iedereen in huis altijd gespannen.

Bert sloop de woonkamer in. Hij liep langs het dressoir. Hij trok de deur open. Achter de deur stond Leen met haar handen tegen haar oren stilletjes te huilen. In haar hoofd fantaseerde ze dat ze ergens anders was. Ze maakte zichzelf met mooie verhaaltjes wijs dat wat in de keuken gebeurde niet echt was. Dat ze het droomde. Dat haar papsie een lieve, zachte vader was. Ze vertelde altijd alles tegen haar pop die ze dicht tegen zich aangekneld hield. Leen deed dan alsof zij de vader was die altijd lief was voor zijn vrouw en de kindjes. De papsie die iedereen meenam voor een picknick en met de kinderen bootje ging varen. De vader die stoeide met zijn kinderen en in een weide met hen ging vliegeren. Ze hield haar ogen stijf dichtgeknepen. Ze maakte geen geluid. Dikke tranen hadden het jurkje van haar pop nat gemaakt.

Bert schudde aan haar arm. "Kom maar," fluisterde hij.

Leen opende haar ogen. Ze sloeg haar armpjes rond de benen van haar grote broer. Hij nam zijn zakdoek, droogde haar tranen en liet haar haar neus snuiten. Ze keek hulpeloos naar hem op. Elke keer als vader tekeerging, sloop ze ongemerkt achter de deur. Daar voelde ze zich veilig. Nooit had vader haar ontdekt.

"Ik wil naar mamsie."

"Ssstt! Stil." Bert stopte zijn zakdoek weg en wreef over haar hoofd. Hij sprak sussende woordjes en gaf haar een zoentje. Hij legde zijn vinger op zijn lippen. Leen knikte. Ze wist drommels goed dat ze geen geluid mocht maken. Ze durfde amper te bewegen.

Ze liepen samen naar het halletje. Bert nam hun jassen. Hij knoopte de sjaal van Leen stevig dicht en trok de rits van haar jas omhoog. Ze keek hem door haar tranen heen dankbaar aan. Hij veegde haar neus nog een keer af. Hij ontfermde zich altijd over haar. Altijd. Ze kon zich geen betere grote broer wensen.

"Nog even je handschoenen aantrekken."

Toen Bert de voordeur zachtjes achter hen dichttrok, hoorde hij de sneeuw onder Leens voeten kraken. Hij snoof de koude lucht op. Zijn adem maakte witte wolkjes.

De poes liep hen achterna. Ze miauwde klaaglijk. Met hoge sprongen probeerde ze hen te volgen. Het puntje van haar staart krulde. Ze was duidelijk niet erg blij met de witte vracht.

De spanning viel van hen af. Leens adem maakte wolkensliertjes die om haar heen uit elkaar waaiden. Ze veegde wat sneeuw bij elkaar en kneep die samen tot een bal. Ze gooide naar Bert. Zij was de ellende alweer vergeten.

Bert lachte. Hij zette de kraag van zijn jas op en duwde zijn handen diep in zijn broekzakken. De kou kroop door zijn versleten jas en kneep nijdig in zijn botten. Hij voelde de koudegolf zelfs tot in zijn gewrichten. Hij huiverde.

De straat lag er verlaten bij. De schemering viel in. Het begon opnieuw te sneeuwen. Dikke vlokken werden door de westenwind in schuine strepen naar beneden gejaagd. Ze kleurden Leens donkere krullen helemaal wit. Na een kwartiertje wandelen leek ze een aangeklede sneeuwpop. De met sneeuw bepleisterde boomstammen trokken kaarsrechte witte lijnen tegen de donkere achtergrond. Boven liepen de lijnen uit elkaar in een kluwen van gewrongen takken die door elkaar wirwarden.

"Gaan we naar mamsie?"

"Niet zeuren. Dat kan niet. Ze wil niet dat we haar storen."

"Papsie was wel erg boos op jou, hè?"

"Drank maakt van hem een kwade meneer. Morgen is dat weer vergeten."

"Dan is het goed. Ik houd niet van kwade meneren. Papsie moet lief zijn."

Berts gedachten dwaalden af. Hij zou het vast nooit meer vergeten. Hij probeerde zich te herinneren hoe zijn vader was toen hij, net als Leen nu, vier was. Voor zijn zesde verjaardag stond vader vol trots met een glimmende, nieuwe fiets klaar. De oma's en de opa's waren er. Het werd het gezelligste feestje uit zijn leven.

"Kunnen we ergens naar binnengaan, Bert? Ik heb het koud."

Bert reageerde niet.

Leen bleef staan. Een schrale wind sneed messcherp in hun gezicht. Leen hield haar handen voor haar wangen.

"Bert?"

"Niet zeuren. Doorstappen."

"Mijn kous zakt af."

"Trek je voet uit je laars. Ik zal je helpen. Steun maar op mij."

Leen hief haar voet uit haar rubberlaars. Ze had moeite om haar evenwicht te bewaren.

"Ik wil naar huis. Ik heb het koud."

"We gaan eerst Els ophalen. Misschien vragen ze ons daar wel binnen."

"Zou hij al slapen?" Leen scheen het voorval toch nog niet vergeten te zijn. Vragend keek ze naar haar grote broer op.

Bert zweeg. Hij kon alleen maar hopen dat zijn vader sliep...

Ze naderden het huis van de familie Janssen. De zoete reuk van gebak waaide hen tegemoet. Het huis baadde in een zee van licht. Je kon tot buiten vrolijke stemmen en muziek horen. Het ging er gezellig aan toe bij Els' vriendin.

"Als ik zoveel jaar word, geef ik een groot feest en nodig ik al mijn vriendinnetjes uit. Net als Els haar vriendin."

Leen stak haar hand omhoog en hield haar vijf gespreide vingers in het donker.

Bert glimlachte. Gelukkig had zij nog dromen om naar uit te kijken, dacht hij.

"Volgend jaar. Dan zijn er ballonnen en bakt mamsie wafels. Een grote stapel wafels met stroop. En chips en limonade en cola. Dan brengen alle kindjes cadeautjes mee. Dan krijgen ze allemaal een rode ballon mee naar huis."

"We zijn er. Bel jij aan, Leen?"

Ze hoorden een deur slaan. Er bewoog iemand achter het matte glas van de verlichte hal.

De deurkruk was versierd met veelkleurige linten. Iemand had met de computer 'Welkom' geprint en aan de deur opgehangen.

Toen de deur openzwaaide, kwam de warmte hen tegemoet. Vrolijke klanken ontsnapten. Hopelijk vroeg de vader van Els' vriendin hen eventjes binnen. Misschien bleven er van de stapel pannenkoeken nog een paar over. Je wist maar nooit. Achter de voordeur piepte het hoofd van een jongetje. Leen wilde meteen naar binnen, maar Bert kon haar nog net bij haar hand grijpen en tegenhouden.

"Wij komen Els afhalen."

"Els!" brulde de jongen achterom. Hij liep terug, opende de deur van de woonkamer en schreeuwde nog eens Els' naam. Ze hoorden hun zus antwoorden. Vrolijke stemmen klonken. Even later kwamen twee meisjes uit de rumoerige woonkamer tevoorschijn.

Els nam haar jas en gaf haar vriendin een afscheidszoen. Ze giechelden. Els was duidelijk in een vrolijke bui.

"Tot morgen, Els. En bedankt voor het komen. Zonder jou zou het maar half zo leuk geweest zijn."

"Sorry dat ik geen cadeautje voor je meebracht."

"Jij was er. Dat was voor mij het belangrijkste. Jouw vriendschap is me meer waard dan een duur cadeau."

"Echt waar?" De vriendin van Els knikte. Ze had pretlichtjes in haar ogen. De meisjes gaven elkaar een afscheidszoen. Els draaide zich om en keek haar broer en haar zusje ondeugend aan. Ze bloosde en lachte opgewekt. Zij had duidelijk een leuke woensdagmiddag achter de rug. Zij wel.

"Brr. Wat is het koud. Alles in orde met jullie?" Ze kon in het duister het gezicht van Bert niet goed zien. Hij knikte en wendde zijn gezicht af. Hij wilde haar humeur niet verpesten door haar te vertellen over zijn middag. Ze kon maar beter nog even nagenieten.

"Heb je een ballon gekregen?"

Els kneep haar kleine zus in de wang.

"Mallerd. Grote meisjes geven elkaar geen ballonnen meer."

"Jammer."

"Was het leuk?"

"Reuzegezellig. Kijk eens wat ik voor jullie heb!"

Ze diepte uit haar jaszak een zakje zuurtjes op.

"Snoepjes! Bert, zie je dat?"

"Van Anns moeder gekregen."

Leen vergat even de kou en zoog op haar zuurtje. Het smaakte heerlijk. Zij vond de rode de lekkerste. Ze huppelde vrolijk op en neer. Af en toe probeerde ze baantje te glijden. Ze wilde alles weten over het feestje en vroeg Els de oren van het hoofd. Af en toe giechelden ze.

Bert hoorde vaag hun ondergesneeuwde stemmen. Hij had er zijn hoofd niet echt bij. Hij maakte zich zorgen.

"Jij een snoepje, Bert?" Els wachtte. Bert antwoordde niet meteen. Hij zag hun drieën lopen, als drie besneeuwde koningen, warm ingeduffeld onder een sneeuwdeken, doelloos de avond in. Ze leken verdwaald in een geschilderd landschap.

"Bert? Een snoepje?"

"Nee, geen zin. Sorry."

Els keek haar broer van opzij aan. Ze kende hem door en door. Hij weigerde nooit snoepjes. Hij klonk anders dan gewoonlijk. Er was wat mis.

"Bert, wat scheelt eraan? Je zegt zo weinig."

"Ach, niets. Ik heb mijn huiswerk nog niet kunnen maken."

"Is dat alles? Dan doe je dat gewoon als we thuiskomen. Ik let wel op Leen en maak het eten klaar. Ik hoef toch niets meer vanavond."

"Gaan we naar huis, Bert? Mijn neus en mijn tenen zijn haast bevroren," klaagde Leen.

"Loop wat harder door. We maken nog even een ommetje en gaan zo naar huis."

Els bleef abrupt staan. De andere twee keken om.

"Een ommetje, Bert? Met dit weer? Ik wil naar huis, hoor!"

"Zou hij al slapen, Bert?" wilde Leen weten.

Bert keerde op zijn stappen terug.

Els keek hem vragend aan.

Bert haalde zijn schouders op.

Meer had Els niet nodig. Dat was het dus.

"Toch niet opnieuw, hè? Zeg dat het niet waar is. Gatverdamme!"

"En Bert haat papsie," voegde Leen er meteen aan toe. Zij voelde feilloos aan waar de andere twee het over hadden.

"Hij heeft groot gelijk." Els zag er tegenop naar huis te gaan. Ze was het meer dan zat om constant op eieren te lopen. Nooit wist ze wat ze thuis zou aantreffen en in welke staat haar vader nu weer zou zijn. Die onzekerheid hing steeds als een vlijmscherp zwaard boven haar. Ze begreep niet waarom de persoon die zich God waande zich gedroeg als de duivel. Hij verpakte zijn liefde in een pakket haat dat je op elk moment verpletteren kon. Ze kon niet eindeloos omschakelen van vrolijkheid naar ingehouden verdriet. De pijn kroop in haar borstkas en beknelde haar hart. Ze liep weer door en schopte in de sneeuw. Ze had gedacht dat haar dag niet meer stuk kon.

"Hij is toch ook wel een ongelooflijke, achterlijke klootzak. Nu begrijp ik waarom je zo stil bent. Wat een debiel!"

"Ach, het viel wel mee."

"Het viel wel mee? Volgende maand komen mijn vriendinnen van de vijfde klas op mijn feestje. Stel dat ze vader dronken zien. Wat denk je dat ze me daarna zullen vragen? Ik schaam me dood."

"Het hele dorp weet toch allang dat hij zich te pletter zuipt. Wat kan het jou schelen? Als je vriendinnetjes er zijn, houdt hij tenminste nog een beetje zijn fatsoen."

"Wat kan het mij schelen? En mijn vriendinnen dan? Die vertellen dat wel aan hun ouders. Wat moeten die wel niet van ons denken?"

"Je gaat toch geen rekening houden met wat de anderen van je denken? Dan geef je gewoon geen feest."

"Mama heeft beloofd dat het kon."

"Mij best. Als dat maar goed gaat."

Leen greep de hand van haar grote zus. Ze gaf ook Bert een hand. Ze keek afwisselend van de een naar de ander.

Bert en Els trokken haar aan haar armpjes mee en zwiepten haar omhoog. Ze gierde het uit van de pret.

"Waarom moet jij zo nodig een feestje, Els?"

"Iedereen doet het bij ons in de klas."

"Geen ruziemaken," zei Leen.

"Wij maken geen ruzie."

"Ik wil mamsie zien."

"We zullen langs het café gaan waar ze werkt en daarna gaan

we meteen naar huis."

Ze sloegen een zijstraat in. De buurt lag er verlaten bij. Sneeuw bleef als slagroomvlokken neerdwarrelen. Als het zo doorging zou morgen een dikke deken de wereld toedekken. Berts hart werd warm bij die gedachte. Hij hield van sneeuw, vooral als het een flinke laag was.

Onder het schaarse licht van een straatlantaarn warrelden de vlokken als een gek door elkaar. De neonreclames van het café vormden een lichtbaken in de straat. Een klant kwam naar buiten. Hij stak een sigaret op. Het vlammetje van zijn aansteker danste in de wind. Hij moest drie keer proberen voor hij vuur in zijn sigaret kon zuigen.

Door een groot raam keken Bert en Els naar binnen. Aan de binnenkant liepen druppels condens over de ruit. Er zaten een paar mensen aan een tafeltje. Aan de bar voerden vier mannen een geanimeerd gesprek. Ze zaten op hoge krukjes.

"Kun je mamsie zien? Til je mij even op, Bert?"

Met haar neus tegen de ruit gedrukt zocht Leen haar moeder. De rook was er te snijden. De zaak zat goed vol. Achter de bar stond iemand met een witte bloes glazen om te spoelen. Ze lachte vriendelijk naar de mannen voor zich. Leen herkende haar moeder.

"Ik wil naar binnen."

"Dat kunnen we niet maken. Je weet dat we haar niet mogen storen op haar werk. Ze heeft een kwade baas," antwoordde Els.

"Is de baas er ook?"

"Ik denk het wel. Ik denk dat het de dikkerd is die met de anderen zit te kaarten. Die man met de snor. Hij ziet er streng uit."

"Ik vind kwade meneren niet leuk. Helemaal niet leuk."

Een man aan een tafeltje wenkte. Moeder knikte en zei iets grappigs, want de klanten lachten luid. Moeder nam een vaatdoek, veegde haar handen droog en kwam achter de toog vandaan om een bestelling op te nemen.

"Bert, begrijp jij dat nu? Hier schenkt ze bier aan alle mannen die erom vragen en thuis doet ze alles om te vermijden dat vader drinkt. Zou ze denken aan de vrouwen en kinderen die straks een dronkaard thuis krijgen?"

"Ik denk het wel, maar veel keuze heeft ze niet. Als dienster verdien je goed."

"Kijk eens hoe ze lacht. Ze vindt het best leuk."

"Zou je denken, Els? Zou ze diep in haar hart ook lachen om dronken mannen?"

Els hield haar mond. Ze kon de houding van haar moeder niet begrijpen. Waarom was ze niet zoals alle andere moeders gewoon thuis 's avonds? Waarom moesten haar kinderen zich maar zien te redden?

Even later kwam moeder met een dienblad aanlopen en bediende ze de klanten. Ze maakte een praatje met de man die haar betaalde. Het was een hele poos geleden dat Bert zijn moeder zo ontspannen had gezien. Ze had het blijkbaar naar haar zin. Vergat ze hier even wie ze was en waar ze straks heen moest?

Toen ze terug naar de toog liep, stond iemand van zijn barkruk op en legde een arm om haar schouder. Hij praatte met haar. Ze bleef bij de man staan en lachte. Bert zag hoe hij over haar rug wreef. Moeder reageerde niet op de aanraking. Els draaide zich om. Als vader dat zou zien...

Leen schrok van wat ze zag.

"Houdt mamsie niet meer van paps?"

"Jawel, maar dat zal bij het werk horen. Ze zal van haar baas vriendelijk moeten zijn tegen de klanten. Misschien krijgt ze zo dikkere fooien."

Els kuchte. Bert en zij keken elkaar zwijgend aan. De twijfel en de pijn die ze voelden, sneed scherper dan de koude winter-

19

wind.

"Dikkere fooien," fluisterde Els ongelovig. Ze klonk bitter.

"Haar baas is een stoute meneer."

"We gaan naar huis. Weet je wat we morgen eten?" leidde Bert de kleinste af.

"Wat dan?"

"Morgen is er rijst met kip."

"Echt waar?"

"Mamsie heeft het beloofd."

"Mmm, lekker!"

Ze liepen stevig door.

Hun huis was in volledige duisternis gehuld. Dat was een goed teken. Langs de achterdeur kwam Bert het huis binnen. De angst kneep zijn keel dicht. Hij luisterde gespannen. De kust was veilig. In de keuken lag vader met zijn hoofd op de tafel te snurken. Op zijn tenen liep Bert naar de voordeur en liet zijn zussen binnen. De poes glipte langs hun benen mee.

"Ik heb honger," jengelde Leen.

"Ik kan nu niet in de keuken beginnen te rommelen, dan wordt hij wakker."

"Ga met Els naar de badkamer. Tegen de tijd dat je gewassen bent, heb ik wel wat bij elkaar gescharreld. Over een halfuurtje moet je naar bed."

"Ik wil nog even televisiekijken."

"Vandaag geen televisie. Ik moet mijn huiswerk nog maken."

Els nam haar zusje mee. Bert sloop stil de keuken in op zoek naar wat eetbaars. Als hij een doos melk, wat brood en jam kon meegrissen zou hij al tevreden zijn. Hij wilde tegen elke prijs vermijden dat vader wakker werd. Anders had je de poppen weer aan het dansen. Hij zette de thermostaat van de verwarming laag en trok de keukendeur voorzichtig achter zich dicht.

In complete stilte zaten de kinderen even later te eten. Elke beweging, elk geluidje werd door de andere twee met angstige spanning gevolgd.

Els sneed een boterham voor haar zus.

"Bert, je vergat de boter," sakkerde ze.

"Ga jij ze halen, als je zin hebt."

"Niet doen."

"Kon je geen jam meebrengen?"

Bert keek zijn zus vernietigend aan. Ze begreep het wel. Met een handgebaar nam ze terug wat ze gezegd had. Zwijgend aten de kinderen voort.

"Heeft mamsie echt beloofd dat er morgen kip is?"

"Zeker weten. Je weet dat moeder altijd haar beloftes houdt."

Leen glunderde. Ze kon haar lievelingskostje nu al ruiken. De droge boterhammen smaakten op slag een stuk lekkerder. Moeder kon van de simpelste ingrediënten een echt feestmaal op tafel toveren. Dat werd smullen.

"Wie stopt mij in bed?"

Bert keek naar Els. Zij gaf niet thuis. Ze had nergens zin meer in. Elke keer slaagde haar vader erin een domper op haar vreugde te zetten. Telkens als ze zich ergens op verheugde, verpestte hij het voor haar.

"Ik moet wel nog mijn huiswerk maken, Els."

"Ik heb haar al in bad gestopt. Jij gaat haar naar boven brengen, Bert. Ik doe de vaat wel."

"Met vader in de keuken? Vergeet het! Ik stop je in bed, Leen."

De slaapkamer van Leen was een ijskelder. De verwarming mocht niet aan van mamsie. Te duur. Ze moest maar een knuffel tegen zich aan houden, dan kreeg ze het wel warm. Bert stopte haar onder en gaf haar een nachtzoen. Haar wangen gloeiden.

"Bert, kom je nog even bij me liggen?"

"Ik kan niet. Mijn huiswerk."

"Jij mag lang opblijven. Je kunt toch wel eventjes bij me komen liggen?" Leen keek haar broer met droevige oogjes aan. Zij wist hoe ze hem kon vertederen. Het lukte elke keer weer. Bert was dol op haar. Hij kon haar niets weigeren. Hij wilde dat ze onbezorgd door het leven ging. Wie weet wat haar nog te wachten stond, dacht hij dan.

Leen schoof op. Bert lag boven op het dekbed. De kleine meid kroop dicht tegen hem aan en sloeg haar arm rond zijn hals. Bij Els lukte dat nooit, maar Bert was haar grootste vriend die leuke verhalen vertelde. Bij hem werkte het altijd, als ze maar droevig genoeg keek.

"Lees je een verhaaltje voor?"

"Waarover?"

"Over Dobbertje Drab."

"Alweer? Dat heb ik eergisteren pas gelezen."

"Toen liet je woorden weg. Je las niet hoe Dobbertje de verkeerde kant op zwom en verdwaalde."

Bert zuchtte. Hij nam het voorleesboekje van het nachtkastje.

"Oké, maar daarna lekker slapen. Akkoord?"

## Stilte voor de storm

Vanuit de keuken vulden lekkere geuren het huis. De drie kinderen zaten rond de tafel in de woonkamer. Leen maakte een tekening. Els werkte aan een handwerkje. Bert zat gebogen over een wiskundeboek. Het was al donker. Alles in huis ademde rust. "Wie dekt de tafel?" Moeders stem klonk opgewekt. Bert hoorde haar neuriën. Hij had de pleister in haar hals meteen bij het binnenkomen gezien. De bruut! Hij had weer toegeslagen. Hij werd steeds bozer op zijn vader. Hij vroeg zijn moeder niets. Ze zag er vrolijk uit, dus waarom zou hij haar humeur verpesten?

Het was een poosje geleden dat moeder een lekkere maaltijd op tafel had kunnen zetten voor hen. Dat vooruitzicht beviel de kinderen wel.

"Ik dek de tafel wel," bood Els aan. "Zet ik ook een bord neer voor papa?"

"Ja, doe maar."

Er stopte een auto op de oprit. De bestuurder doofde de lichten. Een portier sloeg dicht.

"Wie kan dat zijn?" Leen gleed van de stoel, duwde het gordijn opzij en keek in het duister. Ze zag buiten een donker silhouet bewegen. "Het lijkt oom Dick wel."

Ze hoorden de voordeur opengaan. Ze keken elkaar aan. Oom Dick had geen sleutel. Hoe kon dat dan?

Els zette een stapeltje borden neer en liep naar het halletje.

"Ik ben thuis!" klonk het opgewekt.

Els bleef aan de grond genageld staan. De andere twee krompen in elkaar. Hadden ze dat goed gehoord? Was dat de stem van vader? Het moest haast wel. Vader? Met een auto?

"Hij klinkt in elk geval nuchter," doorbrak Els de spanning.

In de keukendeur kwam moeder kijken wat er aan de hand was. Ze droogde haar handen af aan een vaatdoek. "Wat krijgen we nu?"

Leen liep naar haar toe. "Papsie met de auto van oom Dick." Op dat ogenblik zwaaide de tussendeur open. Lachend stapte vader binnen. Hij had een pakje onder zijn arm en hield een hand verborgen achter zijn rug. Met één oogopslag wist iedereen dat ze zich mochten ontspannen. Hij was nuchter. Dat was weken geleden. Hij zag er goedgehumeurd uit.

"Ik heb vandaag werk gezocht en gevonden!"

Hij liep Els en Bert voorbij.

"Kijk eens wat ik voor je heb, Leen." Hij nam een kleurig pakje onder zijn arm vandaan en hield het voor zich uit. Leen kwam zonder aarzelen. "Voor jou, omdat je zo'n flinke meid bent."

De andere twee keken elkaar niet-begrijpend aan. Els ging door met haar werk, terwijl Bert zijn boeken opruimde. Moeder verdween weer in de keuken.

Met beide handen nam Leen het pakje en scheurde de verpakking. Met grote ogen van verbazing haalde ze het deksel van een doos weg. Een spierwitte teddybeer keek haar guitig aan. Ze giechelde zenuwachtig.

"Weet je hoe hij heet? Witje."

"Mag Witje bij me aan tafel zitten?"

"Natuurlijk. Kijk eens wat ik nog meer voor je heb."

Vader haalde een pakje uit zijn jaszak. Hij had haar favoriete snoepjes meegebracht. Els keek op. Het was weken geleden dat die nog in huis waren geweest.

Bert deed of hij niets merkte. Hij had meteen door hoe gemeen zijn vader het spelletje speelde.

"Neem nog maar een snoepje voor het eten. Eentje."

"Dank je, papsie." Leen scheurde het zakje open. De plasticfolie ritselde terwijl ze een snoepje uit het zakje viste. Els keek belangstellend toe.

Leen liep naar Bert toe. "Jij ook een snoepje, Bert?"

"Nee, dank je."

"Jij een snoepje, Els?"

"Nee, Els neemt geen snoepje. Els lust die snoepjes niet. Ik neem er wel een. Ze zijn allemaal voor jou. Voor jou alleen. En voor Witje natuurlijk. Wat krijgt papsie nu?"

Leen drukte een dikke zoen tegen haar vaders wang.

Moeder kwam net uit de keuken. Zij had een feilloos zintuig ontwikkeld voor situaties als deze. Ze hoefde niet naar Els te kijken om te weten wat er scheelde. Ze kon het voelen als Els teleurgesteld was.

"Je prikt, papsie!"

"Ik ga me meteen scheren. Over prikken gesproken, Lia, dit is voor jou." Achter zijn rug haalde hij een rode roos met een lange steel vandaan. Hij hield ze met gestrekte arm voor zich uit en liep op zijn vrouw toe. Moeder wist zich even geen houding te geven. Vader trok moeder tegen zich aan. Kribbig weerde ze zijn kus af.

Els merkte het. Ook Bert verstarde. De gezelligheid kreeg iets kunstmatigs. Leen was druk bezig met haar cadeautjes. Die had niets in de gaten.

Moeder gaf de roos aan Els.

"Is het eten klaar?"

"Bijna, Huub."

"Dan heb ik nog even de tijd om te douchen."

Vader liep met moeder mee de keuken in.

De kinderen luisterden gespannen. Ze hoorden de stemmen van hun ouders. Er werd normaal gepraat. Dat vonden ze al heel wat. Met gebaren vroeg Els aan Bert wat ze ervan moest denken. Bert haalde zijn schouders op en lachte. Dat was voor Els genoeg. Ze trok een gek gezicht.

"Waar heb je dat geld vandaan, Huub?"

"Er zijn mensen die me nog wel vertrouwen en nog wel in me geloven. Ik verzeker je dat die er altijd zullen zijn. Zij begrijpen wel dat ik het tijdelijk een beetje moeilijk heb, maar ze hebben alle vertrouwen in mij. Zij wel." Hij diepte uit zijn achterzak een pakje bankbiljetten op. "Voor jou en de kinderen."

"Heb je weer geld geleend bij je moeder? Blijft dat mens je praatjes geloven?"

"Waarom ben je altijd zo negatief, Lia?"

"Ik ken je onderhand zo'n beetje. Waarom staat de auto van je broer op de oprit?"

"Ik ga morgen werken. Ik mocht zijn auto lenen."

"En als je een aanrijding krijgt?"

"Hij is verzekerd."

"Hij wel. Drinken en rijden gaan niet samen. Als je botst?"

"Waarom zou ik? Drink ik? Vandaag niet, morgen niet. Nooit meer."

"En vanochtend?"

Bert knikte haast onmerkbaar en beet op zijn tanden. Hij wist het. Zijn vader had zich vanochtend weer laten gaan. Wie weet wat zijn moeder weer had moeten doorstaan.

"Ik heb je beloofd dat ik het goed zou maken. Het spijt me."

"Ga dat maar eens tegen de kinderen zeggen."

Bert en Els keken elkaar verbaasd aan. Vader die zich zou verontschuldigen?

"Ik ga me eerst even opfrissen. Zo meteen, er is nog tijd genoeg."

"Over tien minuten is het eten klaar."

"Het ruikt lekker. Wat schaft de pot?"

"Wat voor werk heb je?"

"Dat vertel ik je straks aan tafel wel."

Vader verdween naar de badkamer.

Iedereen haalde opgelucht adem. Er was een dubbele reden om blij te zijn. Iedereen in huis liep er vrolijk bij. Els zette de roos in een lang, smal vaasje, dat de veldslagen tussen haar ouders overleefd had, in het midden van de tafel. Ze diepte uit een kast twee kaarsen op en stak ze aan. Het gaf de avond iets feestelijks.

Voor het eerst in weken aten ze als elk ander gezin weer gewoon samen.

"Ga je nu terug veel centjes verdienen, papsie?" vroeg Leen.

"Wees maar gerust. Straks hebben we weer een eigen auto."

"Krijg ik dan een computer, papsie?"

"Jij krijgt een computer."

Vader maakte geen aanstalten zich bij Bert of Els te verontschuldigen. Hij schaamde zich waarschijnlijk te erg om zijn zwakheden tegenover hen toe te geven. Telkens als moeder hem met een blik van verstandhouding aankeek, lachte hij verlegen en wreef zenuwachtig een paar rijstkorrels weg.

"Wat voor werk ga je doen?" wilde Bert weten.

"Zo meteen brengen ze vijf laadplatforms huis-aan-huisbladen en reclamefolders. Die ga ik bezorgen. In een paar uur alles in de bussen gooien en kassa!"

"Mag ik je helpen, papsie?"

"Iedereen mag helpen. Werk aan de winkel. Al die folders en blaadjes moeten nog in elkaar gevouwen worden. Dat bespaart tijd bij het rondbrengen. Dat gaan we vanavond samen doen. Akkoord?"

Elke dag de baan op. Hoe lang ga je dat volhouden?"

Bert fronste haast ongemerkt zijn wenkbrauwen. Zijn moeder kon maar beter zwijgen. Tegen hem ingaan zou alleen maar voor moeilijkheden zorgen.

"Het betaalt goed."

"Zeggen ze. Elke dag door weer en wind."

"Enkel woensdag, donderdag en vrijdag. Wacht nu maar af."

"En je uitkering?"

"Dat zien we wel. Hiermee verdien ik minstens het dubbele."

"Mama, krijg ik nog een stukje kip?" onderbrak Els.

"Wie nog meer? Rijst of saus: er is genoeg van alles."

Bert hield zijn bord op. Zijn vader keek hem goedkeurend aan. Hij lachte vriendelijk naar Leen. Zijn ogen stonden vrolijk en niet hard.

Els sloeg het tafereeltje gade. Ze zag een andere vader voor zich. Netjes geschoren, een gestreken hemd. Zo kon haar vader ook zijn. Dat beeld moest ze zich inprenten. Dat was ook haar vader: attent, lief en braaf. Zo was hij vroeger altijd.

"Nou moeder, dat was lekker!" gaf vader als complimentje. Ze lachte verlegen.

Bert merkte wel dat ze daar moeite voor moest doen. Hij zag door haar geforceerde lach de pijn die ze diep in zich opstapelde. Er zou meer nodig zijn dan een pleister om haar op te lappen. Vader wantrouwen was na verloop van jaren ook hun tweede natuur geworden. Ze konden het niet helpen.

"Kinderen, wie heeft nog wat plaats voor een toetje?"

Vier vingers gingen de hoogte in. Iedereen schoot in de lach. Als ondeugend jongetje zat vader met zijn vinger omhoog. Zelfs moeder lachte spontaan mee. De kras die vader vanochtend op haar ziel had gemaakt was waarschijnlijk even vergeten. Maar vast nog lang niet vergeven, bedacht Bert grimmig. Er zou meer nodig zijn dan een roos...

"Lekkere vanillepudding. Aanvallen!"

Nadat iedereen zijn buikje rond had gegeten, verdwenen moeder en de oudste twee kinderen in de keuken voor de vaat.

Vader liet Leen paardjerijden op zijn knie.

In de keuken werd gezongen en gelachen.

"Het is lang niet meer zo gezellig geweest, mama."

"Ach, jammer dat jullie geen cadeautje hebben gekregen."

"Wij hoeven niets, wij zijn allang blij als jij lacht. Hij weet dat hij ons niet meer kan omkopen met een stuk speelgoed. Dat hij nuchter is, is me meer waard dan het duurste cadeau."

Moeder keek hen bezorgd aan. "Je hebt gelijk, Bert. De vraag is alleen..."

"Laat ons genieten van vanavond, mama. Laat ons vandaag leven," onderbrak Els haar snel.

"Weet je dat je papa de liefste jongen van de hele buurt was, Els? Kun je dat geloven?"

"Werd je daarom op hem verliefd?"

"Dat kun jij je nauwelijks voorstellen, maar de eerste zeven jaar van ons huwelijk waren we zo gelukkig."

"Daarvan kan ik me nog iets herinneren," beaamde Bert.

In stilzwijgen werkten ze door. De vrolijkheid maakte plaats voor een gespannen rust.

In gedachten waren ze alledrie bezig met dezelfde vragen. Hoe lang zou hun geluk deze keer duren? Wanneer zou de drank het weer winnen van hun vader? In het verleden bleek de alcohol altijd in de hoek te staan waar de klappen werden uitgedeeld. Hopelijk kon vader meer incasseren dan vroeger. Als hij zich in de ring waagde met zijn meest geduchte tegenstander, ging hij in de eerste ronde gegarandeerd tegen het canvas.

Een bestelwagen stopte voor het huis. Een magere man belde aan. Vader liet hem achteruit de oprit op rijden, nadat hij de auto van Dick had verzet. Hij trok de garagepoort open. Samen met de man rolde hij met een steekkar vijf enorme stapels papier naar binnen. De kinderen kwamen kijken, maar haastten zich door de kou snel weer binnen.

"Elke dinsdagavond rond zeven uur kom ik je bevoorraden. Jij zorgt dat je de hele zwik tegen vrijdagavond op de bus hebt gedaan en dan zijn de centjes binnen, Huub."

"Oké, komt voor elkaar."

De bestelwagen reed weg.

Vader trok de garage dicht en reed de auto tot vlak tegen de garage. Zo kon hij straks alles gemakkelijk inladen.

"Wie komt me helpen?"

"Ikke!" riep Leen.

"Kom jongens, het is maar voor even. In een uurtje zijn we klaar. Lia, kom je?"

"Over vijf minuten! Ik ben bijna klaar in de keuken."

"In die koude garage?" mopperde Els.

"Trek een jas aan. Voor je het koud krijgt, zit je weer voor de televisie. Vele handen maken licht werk."

"Mag ik handschoenen aan, papsie?"

"Dan kun je geen papiertjes pakken. Doe maar met je blote handen."

Els en Bert stonden op. Een uurtje werk, daar zagen ze niet tegenop. Het was weer eens wat anders. Vooral nu hun vader weer zichzelf was. Zonder een woord te wisselen, wisten ze van elkaar dat ze op hun hoede zouden blijven voor te veel vriendelijkheid.

De garage veranderde in een heuse papierslag. Vader probeerde wat orde in de chaos te scheppen. De stapels stonden verkeerd. Iedereen deed maar wat. Ze liepen voortdurend tegen elkaar op. Leen liep in de weg. Het werk schoot niet op. Na een uur hadden ze, zelfs met de hulp van moeder, nog niet eens een vierde van het werk klaar.

"Ik heb het koud," klaagde Leen.

"We houden ermee op," besloot vader, "de rest doen we morgen wel. Het is morgen toch woensdag, dan hebben jullie na de middag vrij. Jullie helpen mij morgen nog maar een uurtje."

30

"Ik kan morgen niet," protesteerde Els.

"Heb je een toets voor te bereiden?"

"Ik mocht van mama gaan spelen bij Ann, mijn beste vriendin."

"Toen mama dat beloofde had ik nog geen werk. Jij helpt me morgen, net als Bert. Eerst een paar uurtjes vouwen en dan op de bus doen. Bovendien heb je bij Ann niets te zoeken. Haar moeder is..."

Verontwaardigd keek Els in de richting van haar moeder.

Bert durfde niets te zeggen. Hij was van plan geweest Frans te herhalen. Dat moest dan later maar.

"Huub, de kinderen..."

"Ze zijn oud genoeg om een handje te helpen, Lia. Van werken is nog niemand in onze familie doodgegaan. Er zal tijd genoeg overblijven voor hun schoolwerk. Wees gerust, ze zullen me niet kunnen aanklagen voor kinderarbeid. Zo erg is dat toch niet? Zwaar werk kun je het niet noemen." Hij trok de garagepoort open. De kou beet scherp in hun gezicht. Het werd een heldere nacht. Het zou vriezen dat het kraakte.

"Help nog eens inladen, jongens. Alles wat net voor de poort lag moet in de kofferbak en op de achterbanken. Lia, wil jij deze stapel op de passagiersstoel inladen? We zijn zo klaar."

Bundels papier werden aangedragen en opgestapeld. De auto van oom Dick zakte zienderogen. Tot tegen het dak werd de achterbank volgestapeld. Met klapperende tanden liep Leen af en aan. Haar hulp beperkte zich vooral tot mopperen.

Iedereen was blij opnieuw de warmte te kunnen opzoeken. Els legde haar koude handen tegen de verwarming. Vader kwam naast haar staan. Hij merkte wel dat ze nog wat pruilde omdat ze niet naar haar vriendin mocht. Hij legde zijn koude handen op haar wangen. Ze gilde het uit. Hij kietelde haar. Een flauw glimlachje verzachtte haar kwade ogen.

Voor Leen was het bedtijd. Ze was knap in treuzelen, maar deze keer haalde het niets uit. Moeder bracht haar meteen naar boven. Witje lag naast haar en piepte onder het dekbed vandaan. Moeder gaf Leen een nachtzoen.

"Slaap lekker en droom maar zacht."

"Waarover?"

"Over een knappe prins die je komt redden en je meeneemt op zijn witte paard."

"Maar nu ben ik niet bang voor papa. Nu hoeft er geen toverprins te komen. Alleen als hij kwaad kijkt en luid praat. En als hij veel bier drinkt."

"Dán moet een fee hem wegtoveren," knikte moeder.

"De fee hoeft hem niet weg te toveren. Alleen maar het flesje bier. Hij mag blijven. Hij koopt cadeautjes voor me. Lief, hè?"

"Ja, meisje. Heel lief."

"Mamsie, je hebt nog iets vergeten."

"Vandaag heb ik geen tijd om nog een verhaaltje voor te lezen. Volgende keer. Beloofd!"

"Toe nou, eventjes maar."

"Welterusten!"

Leen hield Witje omhoog. Moeder lachte. Met een lief stemmetje sprak ze de teddybeer toe terwijl ze over zijn kop aaide. Ze kneep even in een oor.

"Welterusten, Witje. Morgen vertel ik je over Dobbertje. Hopelijk ben jij niet zo'n kleine deugniet. Wat die allemaal meemaakt." Ze gaf de beer een zoentje.

Leen glunderde. Ze trok haar nieuwe knuffel dicht tegen zich aan. Dronken van geluk sliep ze in.

Bert werkte zijn huiswerk voor wiskunde af. Hij was een bolleboos op school. Hij leerde gemakkelijk en elk nieuw vak boeide hem. Zijn rapporten waren altijd schitterend zonder dat hij er al te veel moeite voor hoefde te doen.

Els en vader keken televisie.

Moeder liep met wasgoed rond. Vanavond werkte ze niet in het café. Dinsdagavond was de zaak dicht. Ze kwam aandragen met een strijkplank en een paar hemden. Ze streek wel vaker voor de televisie. Zo sloeg ze twee vliegen in één klap.

De eindtune van een populaire soap was voor de twee oudsten het signaal dat ook zij naar bed moesten. Ze gingen hun tanden poetsen en wilden stilletjes naar boven verdwijnen.

"Kan er geen zoentje meer af?" vroeg vader.

Els liep meteen naar hem toe en gaf haar vader een zoen. Dat was een hele poos geleden. Meer dan drie weken. Haar boosheid was naar een hoekje van haar gevoel teruggedreven.

"Kom jij nog even, mama?"

Bert aarzelde. Hij kon niet zo gemakkelijk de knop omzetten. Hij had zich al zo vaak bekocht gevoeld en hij voelde elke keer weer de klappen als hij eraan terugdacht. Zijn vader was een vreemde geworden voor hem. Een vreemde gaf je niet zomaar een zoen.

"Wat scheelt er, jongen? Ben je te groot voor een nachtzoen? Telt je vader niet meer mee omdat je haar onder je oksels krijgt? Vroeger kon papa alles."

"Vroeger dronk papa geen bier," antwoordde de jongen gevat.

"Geef me een zoen, dan zul je ruiken of ik gedronken heb."

Tegen zijn zin slenterde Bert naar de stoel. De boosheid in hem bleef. Het gezicht van zijn vader maakte pijn in hem los. Terwijl hij zijn vader een zoen gaf, kneep die venijnig in Berts wang. De jongen gaf geen krimp. Zijn intuïtie had hem niet bedrogen. Hij had gerekend op een oorvijg, maar dat kon vader met moeder in de buurt niet maken. Bert wist dat hij die te goed hield. Zijn enige verweer lag in een vernietigende blik.

"Welterusten, jongen. Jij wordt toch geen opstandige puber? Wij worden de beste vrienden, jij en ik. Je zult wel zien. Slaap maar snel, want morgen zul je het nodig hebben."

Bert hoorde zijn ouders even later naar boven komen. Ze lieten de deur van hun slaapkamer op een kier. Ze waren dus niet van plan ruzie te maken. Dat stelde hem gerust. Het enige wat hem dwarszat, was hoe hij de tijd moest vinden om zijn Franse les te leren.

De stemmen van zijn ouders sijpelden zijn kamer binnen.

"Wat denk je, Lia? Beginnen we een nieuw leven?"

Het duurde een hele poos voor moeder antwoordde.

"Huub, het is te mooi om waar te zijn. Hoe vaak heb je mij dat al beloofd? We leven op los zand. Wij proberen zo gewoon mogelijk te leven, ondanks jou, maar telkens slaag je erin onze levens overhoop te halen. Ondanks jou gaan we door. Weet je nog hoe je die mensen van de AA en ons mooi voor schut hebt gezet? Ons begrip en ons medelijden zijn op."

"Deze keer is het anders. Ik voel het."

"Hoe lang ga je de drank laten staan? Bert wordt een puber. Als je zo doorgaat, ontneem je hem zijn puberteit. Je wil toch niet dat hij zich op zijn achttiende als een onhandelbare nozem gaat gedragen?"

"Wat heeft dat met mij te maken?"

"Ons gezin heeft rust nodig. De kinderen hebben rust nodig."

"Ze slapen toch?"

"Als je drinkt, geef je ze de kans niet ontspannen te leven. Ze zullen later al problemen genoeg moeten oplossen, dus zadel ze niet langer op met een vader met wie ze liever niets meer te maken hebben."

"Ik zie die kinderen graag, Lia. Op mijn manier. Echt waar."

"Jouw liefde zit in een fles. Jouw liefde is vergiftigd, net als jij. Liefde heeft geen sterke lever. Je laat mij en de kinderen geen keuze, je stoot ons af. Je verplicht ons afstand van je te nemen. Misschien gaan wij bij je weg."

"Doe me dat niet aan. De schande. Wat zullen de buren zeggen?"

"De buren. Maak je je daar zorgen over? Jouw manier van leven doet je dat aan. Je hebt van liefde een duikboot gemaakt. Een duikboot die lekt."

"Heb je gezien hoe blij Leen was met haar beertje?"

"Leen wel, maar heb je de gezichten van de andere twee gezien? Ze zeggen niets of laten niets merken, maar bij hen heb je het voorgoed verbruid, Huub."

"Dat komt allemaal wel goed. Echt wel."

Het bed kraakte. Er viel een stilte. Even was er een zucht.

Bert veerde overeind in zijn bed. Ze zouden toch niet gaan vrijen? Zou moeder dat nog kunnen? Voelde ze nog iets voor die...?

Moeders stem brak zijn onrust.

"De vader die jij had kunnen worden, is gestorven, Huub. Mijn hele leven bestaat uit die kinderen. Ik laat ze niet kapotmaken door jou."

"Ik zal bewijzen dat je ongelijk hebt. Ik ben een god voor de kinderen."

Zijn stem klonk superieur. De intonatie verried dat hij moeite had met de confronterende waarheid.

"En zin om te vrijen heb ik al helemaal niet," zei moeder streng.

Bert glimlachte in het donker en haalde opgelucht adem.

## Twee manieren

Vader had zich de afgelopen dagen opvallend afzijdig gehouden. Het leek of hij niet meer bij hen woonde. Er heerste een gespannen rust in het gezin. Iedereen liep op de puntjes van zijn tenen.

"Denk je dat hij het deze keer volhoudt, moeder?"

"Laten we het hopen, jongen. Ik weet niet zeker of hij niets meer drinkt. Met hem weet je nooit. Misschien drinkt hij wel stiekem als hij weg is."

"Els en ik hebben in elk geval nog niets gemerkt."

"Zodra hij weer begint, zeg je het mij. Ik kan geen tijd meer verliezen."

"Wat bedoel je?"

"Ach, jongen."

Bert kon de zorgen zo van moeders gezicht aflezen. Ze sliep weinig. Met haar baantje in het café slaagde ze erin lekker eten op tafel te zetten. Als Bert zijn moeder aankeek, probeerde ze hem met een glimlach te misleiden. Bert kon haar gedachten raden.

"Als vader weer begint, haal hem dan niet uit de put. Hij trekt jou erin, moeder. Elke keer trekt hij jou dieper naar beneden."

"Waar ben jij mee bezig, jongen? Ik red me wel."

"Denk je dat hij ooit van zijn ziekte geneest?"

"Er zijn er die het kunnen, maar je vader heeft het al twee keer tevergeefs geprobeerd, dat weet je. Dan zwijg ik nog over de keren dat hij het op eigen houtje heeft geprobeerd. Drank is een vijand die behendig sluipt."

"Ik vraag mij soms af of er op de plek waar normaal een hart hoort te zitten, bij vader geen steen zit. Wanneer heeft hij ooit niet aan zichzelf gedacht?"

Berts opmerking was raak. Hij zag zijn moeder slikken, maar ze zei niets. Hij had gelijk, maar het deed haar pijn. Bert keek weg.

"Ik zal van mijn hart een steen moeten maken. Ik zal het moeten doen."

"Wat wil je daarmee zeggen, moeder?"

"Laat maar zitten. Stop maar met piekeren. Voor even gaat het goed. Laten we het voorlopig zo houden. Een goede dag kan de start zijn van een goede week. Hoe gaat het op school?"

"Ik heb een onvoldoende voor Frans. Een drie voor een vertaaloefening. Dat is me nog nooit overkomen."

"Jij wilt de dingen te perfect doen, jongen. Het overkomt iedereen wel eens. Kijk eens naar alles wat je tot nu toe schitterend hebt gedaan. Je moet vooral je succesen in de verf zetten en onthouden."

Bert wist wel dat zijn moeder hem wilde bemoedigen. Hij vond het lief van haar, maar hij nam het zichzelf kwalijk dat hij zo zwak scoorde. Dat overkwam hem zelden. Zijn vader zou hem er met gretigheid mee vernederen. 'Een onvoldoende voor Frans! Mijn lievelingsvak, nota bene. Kun je nagaan.'

"Was het dan zo moeilijk?" vroeg zijn moeder.

"Helemaal niet. Ik begrijp er niets van."

"Had je je les dan niet geleerd?"

"Minder dan anders door die stomme reclamefolders, maar dat is niet de oorzaak. Ik had minstens een zeven moeten halen."

"Wat is er dan misgegaan?"

"Ik weet niet hoe ik het zeggen moet, maar ik heb nog nooit zoveel getwijfeld bij een toets. Ik was heel erg onzeker. Het gebeurt me wel vaker de laatste tijd."

"Wanneer krijg je je volgende rapport?"

"Over twee weken pas."

"Dan heb je die drie allang weer goedgemaakt. Een misstap

is immers ook een stap."

Bert lachte. Hij wist wel dat zijn moeder het zou begrijpen. Ze wist dat hij altijd al goed had kunnen studeren. Dat had hij van zijn opa, moeders vader.

"Je vader hoeft het niet te weten. Dan gaat hij weer zeuren. Je kent hem. Ga maar even buiten lopen. Voetballen of zo. Zoek een vriend op."

"Goed idee. Tegen het avondeten ben ik thuis."

Bert dacht even na. Zoveel vrienden hield hij tenslotte niet meer over. Hij besloot te gaan fietsen in de polder. Tegen de wind in. Hij was liever alleen. Even uitwaaien en nadenken.

"Waar blijft papsie?"

"Die komt zo wel, Leen. Lang kan hij niet meer wegblijven. Straks komt de bestelwagen een nieuwe lading reclamebladen brengen. Tegen die tijd zal hij wel thuis zijn."

Er werd nog even gewacht met eten. Leen en Els werden ongeduldig.

"Zullen we alvast beginnen? Dadelijk is alles koud."

"Tja, het ziet er niet naar uit dat vader..."

Bert zag moeders vertwijfelde gezicht. Hij wisselde een blik van verstandhouding met Els.

Leen had niets in de smiezen.

Zwijgend aten ze soep.

Alleen Leen kwebbelde honderduit. Dat ze voortdurend tegen zichzelf praatte, stoorde haar niet.

Elke lichtflits op straat werd door de anderen nauwlettend in de gaten gehouden.

Een auto stopte. Er werd getoeterd. De bestuurder toeterde nog eens. Kort en nerveus. Hij had duidelijk weinig geduld.

"Dat zal papsie zijn. Nog net op tijd voor de aardappelen."

Moeder stond op. Ze schoof een gordijn opzij. Een vrachtwagen stond voor de oprit geparkeerd. In de duisternis liet een chauffeur de hydraulische laadklep van de truck neer. Hij zwaaide de twee deuren van de laadruimte open.

"Is vader er al?" probeerde Els.

"Ik denk het niet. Ga jij de garagepoort eens openen, Bert?"

Bert trok de garagepoort open en liep naar de vrachtwagen. De chauffeur begroette hem. De man sprong op de laadklep en reed behendig een laadplatform met reclamebladen uit de laadruimte. Hij liet de klep zakken en trok zijn lading naar de garage. Hij reed met een rotvaart de garage binnen. Hij had duidelijk haast.

"Ik ga achteraan beginnen, want het is wel een vrachtje."

"Zoiets als vorige week?"

"Het dubbele. Je vader heeft er een aangrenzende gemeente bijgenomen. Hij ziet de dingen groot."

Zeg dat wel, dacht Bert en ging moeder waarschuwen. Toen ze bij de garage kwam kon ze haar ogen bijna niet geloven.

"Is dat allemaal voor ons? Dat moet een vergissing zijn. Heeft u mijn man gezien, meneer?"

"Hij was vanmiddag nog op de zaak. Deze lading is wel degelijk voor hem. Uw man heeft duidelijk geen angst om te werken. Kijk, hier staat het op de leveringsbon. Tel maar na hoor, alles klopt. Hij lijkt me iemand die weet wat hij doet, een man met visie."

Moeder probeerde een lachje op haar gezicht te forceren.

De verdomde mooiprater, dacht Bert. Mensen inpakken kon hij als de beste. De praatjesmaker kon deze papierberg nooit op tijd in de bussen krijgen. Nu was hij echt wel getikt.

"Ik moet wel opschieten, mevrouw," verontschuldigde de chauffeur zich.

"Wat krijgen we nu, moeder? Als hij echt denkt..."

"Ik weet het, jongen. Ik weet het."

39

Op dat ogenblik stopte een auto achter de vrachtwagen. Vader stapte uit. Hij maakte een grapje met de truckchauffeur. Ze stonden in het schijnsel van de koplampen. Vader klonk vrolijk en uitgelaten. Zijn glanzende ogen en een blik die van eindeloos ver kwam, verraadden hem meteen.

"Wat heeft dit te betekenen, Huub?"

"Je ziet toch wat het is? Wij kunnen het geld goed gebruiken. Ik heb van Dick een elektrisch vuurtje geleend. Na het eten zitten we in een warme garage folders in te vouwen. Allemaal samen."

"Maar de kinderen hebben..."

"Heb jij ze vorige week horen klagen? Ze vonden het zelfs gezellig. Als je wilt, kun je je werk in het café opzeggen. Jij tussen al die andere mannen en nooit meer thuis, dat kan niet blijven duren. Ik heb alles voor elkaar. We zijn uit de zorgen. Wat schaft de pot?"

Tijdens het eten werd er weinig gepraat. Els en Bert zagen de bui al hangen en aten verder met lange tanden. Gedaan met de portie gezelligheid deze week. Vader had gedronken, dat merkten ze zo. Hij was goedgehumeurd, maar geen van beide tieners waagde het ook maar iets te zeggen. Ze wisten dat zijn stemming uitgerekend dan zonder enige aanleiding kon omslaan.

"Heb je gedronken, Huub?"

"Waarom denk je dat, Lia? Ik heb je toch beloofd..."

"Ik ruik het. Ontken het maar niet."

"Oké, maar ik kon niet anders. Ik kwam een vriend tegen die ik nog kende uit mijn schooltijd. We hebben wat gebabbeld en twee biertjes gedronken. Meer niet. Ik heb weer werk. Ik heb wat te vieren."

"Twee pilsjes? Dat zal wel. Ik weet wat het kost."

"Wat kost nu een biertje? Een euro. Een armzalige euro."

"Dat is inderdaad twee keer niets, maar voor iemand die het

niet heeft, is dat verdomme veel geld. Een euro is voor ons op dit ogenblik een kapitaaltje. De kinderen moeten zich verwarmen rond vijf kaarsen. Met die twee biertjes koop ik warmte voor de kinderen."

"Waarom denk je dat ik er meer werk bijneem? Je gaat toch niet steigeren over een euro of twee?"

"Het is een brood, Huub."

"Alsof je daarmee de honger uit de wereld helpt."

"Uit de wereld niet, nee, maar het is wel een begin om de honger uit huis te houden. De muizen vallen hier dood omdat ze geen kruimel vinden."

"Als het zo zit, heb ik allang geen honger meer. Ik probeer dat probleem op te lossen. Een beetje begrip en hulp zouden welkom zijn."

"Bert is graatmager. Els is vel over been. Bij de minste weersverandering worden ze ziek. Er is niet eens geld voor een dokter. De kinderen hebben fruit nodig."

"Laten ze het plukken bij je vader. Daar staan bomen genoeg."

"Nu, midden februari? Hartje winter? Het vriest dat het kraakt."

"Mens, jij hebt altijd wat."

"Er zijn twee manieren om dood te gaan: of je lichaam gaat dood, of je geweten. Jij hebt gekozen voor het laatste. Ik ben bang dat je gevoelens langzaam afsterven."

Harde uitspraken van moeder. Bert wist wat ze probeerde. Ze wilde doordringen tot in vaders hart. Alsof dat nog mogelijk was...

"Ik weet niet of je de ernst van de situatie goed beseft, Huub. Langzaam maar zeker nemen de kinderen afstand en afscheid van jou. Je wordt voor hen een levende dode, een dode die in de weg loopt."

Moeder zweeg.

Bert kon bijna voorspellen wat hen nu te wachten stond. Soms werd hij er zo moedeloos van. Onder vaders masker loerde constant een kwelduivel. Het begon telkens weer met zijn koppige onredelijkheid. Voor iemand die leeft met een alcoholicus is het altijd winter. Zonder pakjes onder de kerstboom of zonder dat het ooit Gelukkig Nieuwjaar wordt.

Na het avondeten trok iedereen naar de garage. De vaat bleef staan.

De stapel papier was niet te overzien. Alle winkeliers zetten blijkbaar een Valentijnoffensief in. Elk blaadje bracht geld in het laatje. Er werd gewerkt tot de kinderen van vermoeidheid niet meer uit hun ogen konden kijken. Leen viel in slaap in een tuinstoel.

"Ga maar naar binnen met de kinderen, Lia. Ik werk nog even door. Ik ben er zo."

Bert keek naar de onrustige blik in de ogen van zijn vader. Hij had vast ergens een fles verborgen. Bert was te moe om nog iets te ondernemen. Morgen was er weer een nieuwe dag.

# Enkele richting

"Zo, moeder, zorg maar voor flinke kost want we zullen het nodig hebben vanmiddag. Het is bar koud."

Leen zat al aan tafel.

Els kwam even over twaalven binnen.

Bert kwam altijd als laatste thuis. Hij fietste naar school. Zijn gezicht was helemaal rood. Hij bracht de kou mee naar binnen. Ongemerkt ging hij achter Leen staan en legde zijn ijskoude handen op haar wangen. Ze krijste en sprong op.

Geschrokken kwam moeder uit de keuken rennen.

"Wat gebeurt er?"

"Een grapje van Bert, mamsie. Je weet hoe hij is," zei Els giechelend.

Daarna werd er in stilte gegeten.

Zodra ze de laatste beetjes op hadden, stond vader op. Hij had amper een woord gezegd. Hij bewoog zich bijna onzichtbaar tussen de anderen door alsof hij zich voor iets schaamde.

"Bert en Leen, ik laad de auto. Over tien minuutjes komen jullie me helpen. Trek warme kleren aan, want er staat een felle oostenwind."

De kinderen durfden niet te protesteren. Ze wisten dat het toch niets uithaalde. Desnoods zou hij hen dwingen, dat wisten ze wel zeker. Ze baalden van dit soort karweitjes, maar hij bedacht altijd wel iets om hen onder druk te zetten. Een weekje zonder televisie of huisarrest. En dat was nog het minste...

"Hoeveel stapels heb je vanochtend al bezorgd?" wilde Bert weten.

"Eén stapel."

"Is dat alles?"

Els keek haar vader verwijtend aan. Bert wist genoeg. Het zou avond worden voor ze weer thuis zouden zijn.

"Ja, ik heb ook maar twee benen. En ik voel ze nog amper."

"Eén stapel, vader. Dat kun je niet menen. Dat werk krijgen we nooit af."

"Als jullie mij hier nog lang verwijten staan maken niet. Straks gaat het werk drie keer zo snel. Jullie hebben jonge benen. Wat beweging zal jullie goed doen. Er zijn jongeren die tien euro per uur moeten betalen om te fitnessen, voor jullie is het gratis. Zeg maar: dank je, papa."

De kinderen zwegen. Als vader gesproken had, luisterde hij toch naar niemand meer. Wat hij zich in zijn hoofd haalde, gebeurde. Punt uit.

"Mag ik mee, papsie?" vroeg Leen.

"Te koud. Volgende week misschien. Als het gaat dooien."

"Jammer. Witje en ik hadden graag geholpen." Pruilend liep Leen de keuken in. De andere twee volgden haar en gingen nog een handje helpen bij de vaat.

"Heb je dat gehoord, moeder? Hij heeft vanochtend vast op zijn luie krent gezeten. Eén enkele stapel heeft hij afgewerkt. Er staan maar liefst veertien stapels in de garage."

"Maak je geen zorgen, Bert. Je vader zal vanzelf wel merken dat hij zichzelf overschat heeft. Als het moet, help ik morgen wel."

"Nadat je vanavond gewerkt hebt? Zou je dat werk niet beter opgeven?"

"Dat is wel het laatste wat ik zal doen. Ik moet al genoeg uit zijn hand eten, Bert. Ik wil zorgen voor een eigen inkomen. Ik durf niet meer op hem te rekenen. Ik kom altijd bedrogen uit. Leuk vind ik het ook niet. Ik doe het voor jullie, begrijp je het een beetje?"

"Ik wel."

44

"Ik ook," knikte Els.

"Ik mis je altijd zo erg, mamsie. Jij bent de liefste mamsie van de hele wereld." Leen legde haar armpjes om de benen van moeder. Het leek of de drie kinderen zonder al te veel woorden hun goedkeuring uitspraken over wat moeder net beslist had. Ze wisten dat ze veel van hen hield. De stilte versterkte dat gevoel. Zij zou hen steunen en de kinderen haar. Het leek veel op een complot tegen een gemeenschappelijke vijand die dichtbij was.

"Wij gaan vader helpen, Bert."

"Op hoop van zegen."

Ze keken naar elkaar. Er hoefden geen woorden bij. Ze voelden elkaar perfect aan.

Vader was mopperend aan het inladen. Een pak bladen schoof van zijn arm en de wind blies ze als gevallen herfstbladeren voor zich uit. Vader vloekte en schopte in de gevallen bladen.

"Gooi maar in de papierbak!"

"Komen we die morgen of overmorgen dan niet te kort?"

"Wie zal dat weten? Weg ermee! We hebben geen tijd om die opnieuw samen te stellen. Laat maar waaien wat je niet meteen vindt."

"Oké, jij moet het weten."

Een gespannen stilte vulde de auto, op weg naar het volgende dorp.

Vader floot een deuntje tussen zijn tanden. Hij trommelde zachtjes op het stuur van de auto. Het leek of hij op weg was voor een plezierreisje.

Els zat verveeld op haar kauwgom te knabbelen. Ze keek naar de paar mensen die zich, diep weggedoken in hun jassen, over straat haastten. Ze kleumden van de kou.

Bert zat met zijn gedachten bij zijn schoolwerk. De juf van Frans had een moeilijke taak opgegeven. Hij hoopte maar dat

45

vader het vanavond niet te laat zou maken.

"We beginnen hier, bij die witte villa."

Bert schrok op uit zijn gedachten.

"Els, jij neemt de overkant van de straat. Bert kan aan deze kant blijven."

"Waar ga jij beginnen?"

"Ik volg jullie met de auto. Zo kom je nooit zonder bladen te zitten."

"Dus jij helpt ons niet?"

"Toch wel, Els. Toch wel. Ik zorg ervoor dat je niet steeds heen en weer moet hollen."

"Dus jij zit in de warme auto terwijl wij verrekken van de kou?"

"Ik zorg wel dat jullie je van tijd tot tijd kunnen opwarmen." Bert merkte dat Els zich bekocht voelde. Hij vond het ook oneerlijk van zijn vader, maar hij wist dat als hij er een opmerking over zou maken, hij op een pak slaag als startpremie kon rekenen. Met een kort knikje liet hij Els inbinden.

Ze wist ook wel dat haar protest niets zou uithalen. Bert kon zo van haar gezicht aflezen hoe gemeen ze haar vader vond. Ze stapten uit.

"Kom op. Pak aan."

"Dat is te zwaar. Dat kan ik niet dragen."

"Je bent toch geen slappeling? Hoe verder je komt, hoe minder het pak gaat wegen. Schiet op."

"Ik wil handschoenen dragen."

"Onmogelijk, Els. Van handschoenen heb je niets dan last. Je hebt te weinig gevoel in je vingers om fijn en snel te kunnen werken."

"Als het zo koud blijft, zal ik over een uur inderdaad nog weinig gevoel in mijn vingers hebben. Ik haat die bladen."

"Je zal er toch van moeten eten. Of je wil of niet. Vooruit, of

Bert krijgt te veel voorsprong."

Vanuit de auto porde vader de kinderen op. Hij mopperde als ze de brievenbus niet meteen vonden of als ze te traag werkten naar zijn zin. Met rode neuzen kwamen ze af en toe een nieuwe stapel bladen ophalen. Stiekem namen ze steeds minder bladen mee.

"Ik voel mijn armen niet meer," klaagde Els.

"Als we aan het einde van de straat zijn, kun je je even opwarmen."

Vader reed de kinderen voorbij, parkeerde de auto bij een café en kwam Els tegemoet. Hij droeg een stapel papier die zelfs Bert niet kon tillen. Snel liep hij langs de huizen. Waar Bert door zijn voorraad heen was, nam hij het van zijn zoon over.

"Ga het café maar in. Je kunt er even een plasje doen en een kop warme chocolademelk drinken. Daar kikker je van op. Ik ben zo bij jullie."

Broer en zus liepen voorop. Bert ademde tussen zijn gesloten handpalmen. Op de open plekken tussen de huizen had de wind vrij spel. Handen en voeten tintelden van de kou. Els voelde aan haar neus.

"Hij zit lekker warm terwijl wij het zware werk mogen doen. Ik haal de avond niet, Bert. Ik ben door en door koud. Vader is een slavendrijver."

"Wat ga je doen? De Kindertelefoon bellen? Hem aanklagen wegens kinderarbeid? Hou je maar gedeisd."

"Zie je ons dit de rest van ons leven al doen? Geen enkele woensdagmiddag meer vrij? En ik heb een boel huiswerk."

"Wat je zegt, zus. Ik zit ook tot over mijn oren in het school-werk."

"Heeft hij gezegd dat we naar binnen mochten gaan?"

"Geen twijfel."

Onwennig keken de kinderen rond in het café. Een wat

oudere heer stond achter de toog. Er zaten twee klanten aan een tafeltje te keuvelen. De warmte deed deugd. Els liep meteen op een radiator toe. Ze legde haar handen ertegen. Ze keek Bert glimlachend aan.

"Lekker."

"Wat zouden jullie denken van een kopje hete chocolademelk?"

"Lekker."

"Zijn jullie niet de kinderen van Huub?"

"Ja, meneer. Hij komt zo."

"Hij vertelde me vanochtend dat ik jullie mocht verwachten. Ja, ik ken hem wel, jullie vader."

Eén blik tussen broer en zus was genoeg. Vanochtend? Geen wonder dat hij zo weinig had gedaan. Hij zou hier toch niet de hele tijd gezeten hebben?

Vader kwam binnen en begroette de cafébaas als een goede bekende. De man zette twee kopjes dampende chocolademelk op de toog. De kinderen gingen ermee aan een tafeltje zitten. Bert warmde er zijn handen aan.

"Dat zijn nu Bert en Els, over wie ik zo vaak vertelde. Ze helpen me. Kinderen om trots op te zijn."

"Wat ga je drinken, Huub? Een pintje?"

"Voor mij een kop koffie. Ja, het is venijnig koud buiten. Maak hem maar goed sterk."

"Er is niets dat zoveel deugd doet als een warm drankje bij dit weer. Hier staat de koffie altijd klaar." De cafébaas lachte en knipoogde naar vader. Els had het gemerkt. Die twee kenden elkaar door en door. Els schopte onder tafel op Berts voet. Een kort hoofdknikje. Bert verschoof zijn stoel en keek spiedend over de schouder van Els. Hij volgde nauwgezet elke beweging van de cafébaas. Vader stond met zijn rug naar hen toe.

De cafébaas draaide zich om, nam een kan koffie en schonk

een klaarstaand kopje vol. Hij zette de koffiekan terug en bukte zich. Bert hoorde gerinkel alsof er flessen tegen elkaar tikten. In een glimp zag hij even een groene fles boven de toog uitkomen. Die gluiperd goot een fikse scheut jenever in vaders koffie. Voor Bert kon reageren was de fles alweer verdwenen. Die twee hadden het afgesproken, dat was duidelijk. Wist die man niet dat zijn vader verslaafd was aan alcohol? Waarschijnlijk wel. Dat was hem een rotzorg, zolang hij eraan verdiende. Sterke koffie! En of!

Vader praatte honderduit met de man. Els ging even naar het toilet. Bert warmde zijn handen aan de warme melk. Er kwam weer wat gevoel in zijn vingers. Voorzichtig nam hij kleine slokjes. Dromerig zat hij voor zich uit te staren. Thuis hield vader de schijn op. Hij liet zijn chocolademelk onaangeroerd staan.

"Smaakt het niet, jongen?"

Vader was naast hem komen staan. In de ogen van de cafébaas wilde hij overkomen als de bezorgde vader die wel hield van een praatje met zijn zoon. Hij legde zijn arm vriendschappelijk om Berts schouder.

"Niet echt, te waterig. Mag ik eens een slok van je koffie?"

"Jij drinkt toch nooit sterke koffie?" Vader nam zijn kopje, dronk het in één teug leeg en legde vijf euro op de toog. Er was geen twijfel meer mogelijk: vader was nog steeds aan de drank. Stiekem.

Els kwam terug.

"We moeten opschieten, kinderen. Drink jullie chocolademelk op. Het is vroeg donker. Iedereen is opgewarmd, we kunnen er weer tegen."

Vader draaide zich om naar de cafébaas. Bert keek strak naar zijn zus. Ze begreep het. Ze legde haar vinger op haar mond en schudde haar hoofd. Ze was niet van plan het te verzwijgen voor haar moeder. Bij het buitengaan liep ze vlak naast Bert.

49

"Weet je het wel zeker?"

"Ja, Els."

"Heb je het goed gezien?"

"Goed niet, maar jij vond het toch ook verdacht?"

Toen ze door hun hele voorraad heen waren, reden ze naar huis om nog meer bladen te halen. De kinderen konden nog amper zitten. Els lag tussen een stapel papier en het dak van de auto. Ze kreunde bij elke oneffenheid in het wegdek of bij een bruuske bocht.

In maar liefst drie cafés herhaalde zich het tafereeltje met de koffie. Alleen in het laatste café bestelde vader een biertje. Hij dronk gretig. In één lange teug was het glas leeg. Hij maakte een gebaar naar de cafébaas en bestelde nog eens hetzelfde.

"De dag zit erop voor ons. We stoppen ermee. Dat hebben we fijn voor elkaar gekregen. Nog één drankje en we rijden naar huis. Hebben jullie ook zo'n dorst?"

"Ik voel mijn voeten niet meer," klaagde Els.

"We gaan het toch niet te laat maken? Ik heb wel nog een en ander te doen voor school. Ik heb voor morgen..."

"Eventjes maar, Bert. Dat van die biertjes hoeft jullie moeder niet te weten. Akkoord? Dan hoeft ze zich geen zorgen te maken. Nemen jullie nog maar een zakje chips."

Els knikte zwakjes. Bert keek voor zich uit. Hij had al te vaak en te lang gezwegen. Dacht vader nu echt dat hij hun stilzwijgen kon afkopen met een zakje Croky? Hij kon verrekken met zijn chips.

"Zul je nog wel kunnen rijden, vader?"

"Met een biertje op? Kom op, Bert. Laat me niet lachen. De politie mag me zo een ademtest afnemen. Ik ben broodnuchter."

"Zou je denken?"

"Je hebt toch zelf gezien dat ik koffie heb gedronken."

Els was van plan iets te zeggen, maar ze bedacht zich. Ze

wilde zo snel mogelijk naar huis. Ze wist drommels goed dat haar vader stond te liegen alsof het gedrukt stond. Ze wilde haar gedachten voor zich houden en haar woorden inslikken, maar haar tong was haar te vlug af. "Als je gedronken hebt, rijd ik niet met je mee. Ik ga nog liever te voet."

"Gedronken? Noem je twee biertjes drank?"

"En die..."

"Van koffie word je niet dronken. Nog steeds niet."

Els keek haar vader doordringend aan. De onschuldige lach verdween van zijn gezicht. Vastberaden bleef ze hem aankijken. Vader schoof heen en weer en keek een andere kant uit. Bert zag het vuur van de haat in Els' ogen opflakkeren.

"Je rijdt in een straat met enkele richting, vader."

"Dat zou ik nooit doen, ik ken de wegcode."

"En die straat wordt steeds smaller. Je rijdt je vast en je kunt niet meer terugkeren. Enkele richting, vader."

Vader keek haar vragend aan.

"Waar heb je het in godsnaam over? Jij kunt toch raar uit de hoek komen. Wat jij je niet allemaal in je hoofd haalt. Te veel fantasie. Net je moeder. Willen jullie nog iets? Een reep chocolade of een zakje chips? Jullie zeggen het maar."

Els en Bert hielden hun lippen stijf op elkaar. Hij kon hun rug op.

# Belofte

"Wie zal er mij verbieden in mijn eigen huis binnen te gaan? Verdomme, Lia, laat me binnen."

Vader morrelde aan de deurkruk van de achterdeur. Hij hield zijn hand tegen het glas van de achterdeur en keek de keuken in. Hij beukte met zijn vuist tegen de deur.

Moeder stond bewegingloos met haar rug tegen de kast. Leen stond naast haar. De angst stond in haar ogen.

"Laat me binnen!"

"Je bent dronken."

"Ben ik dronken? Wie zegt dat? Ik heb geen druppel alcohol aangeraakt vandaag."

"Je komt er niet in."

"Ik bevries zowat."

"Je had me beloofd niet meer te drinken."

"Wat doe jij als je dorst hebt? Ik heb me toevallig wel de hele dag lopen afjakkeren. Laat me binnen of ik sla de ruit stuk!"

"Je hebt het beloofd."

Vader schopte tegen de deur. Met zijn vuist bonkte hij tegen het glas.

Leen liep geschrokken de woonkamer in. Ze haatte het als haar ouders gingen schelden of ruziemaken. Bij Bert en Els voelde ze zich veilig.

"Oké, ik heb twee biertjes gehad. Meer niet. Je ziet toch wat je ziet? Ik ben zo nuchter als een pasgeboren kalf. Iedereen heeft toch recht op zijn momenten van zwakte?"

"Dat is het precies: je bent een zwakkeling, een slapjanus eerste klas."

Moeder liep op de deur af. Ze bleef even besluiteloos staan.

"Gaan we schelden? En jij bent Mevrouw Perfect zeker? Overlaad mij maar met alle zonden. Zullen we het eens over jouw tekorten hebben? Je voert geen klap uit in huis. Je bent te trots om hulp te aanvaarden."

"Hulp? Pfoe! Je moeder wil hier met haar geld de baas komen spelen. Je wordt bedankt! Ik heb geen hulp nodig. Jij bent degene die zich moet laten helpen."

"Stop dan met het geld door ramen en deuren buiten te gooien!"

"Nu nog mooier!"

"Het is volkomen normaal dat een moeder haar kinderen helpt. Ik betaal haar alles terug. En sneller dan jij denkt."

"Je zei zelf..."

"Zwijg, stomme trut! Ik ben je gezanik meer dan zat. Jij kunt alleen maar zeiken over mijn zogenaamde crisis."

"Je leven is één onafgebroken crisis. Ook daar heb je recht op, maar je mag er mij en de kinderen niet constant mee belasten. Dat doe je wel."

"En dan?"

"Dat doe je wel. Uitgerekend dat maakt je zo zielig, zo opgeblazen pathetisch."

"Wat sta je daar te bazelen, mens?"

"Ik heb niet gestudeerd, maar leven met jou is meer dan slagen aan een universiteit. Dát volhouden is meteen doorgaan voor je doctoraatstitel. Ik ben gepromoveerd op jou."

"Zie je wel dat ik ergens voor deug?"

"Ergens anders dan."

"Laat me binnen. Ik verrek van de kou."

"Ga maar in je garage slapen. Je kunt ze nu toch verwarmen."

"Ik wil eten."

"Jij hebt al een paar glazen boterhammen op. Dat is genoeg."

Kwaad gooide vader zich om. Hij verdween in de duisternis.

Alles werd rustig. Hij was blijkbaar afgedropen naar de garage. De kinderen en moeder konden in alle rust eten.

"Ik moet vanavond werken, kinderen. Als ik weg ben, laten jullie hem niet binnen. Ik ga door de voordeur weg. Bert, jij sluit ze zorgvuldig af. De vaat laat je maar staan, die vind ik morgenvroeg wel."

De kinderen zagen de twijfel en de onrust in moeders ogen toen ze hen een kus gaf. Nerveus trok ze haar jas aan. Bert begreep het wel. Ze had hemel en aarde bewogen om deze baan te krijgen. Als ze haar baas nu liet stikken, kon ze het wel schudden. En tenslotte was hij toch al dertien. Hij zou de boel hier wel in de gaten houden. De onrust knaagde aan zijn borstkas. Sliep vader? Haalde hij een fles sterke drank uit een geheime schuilplaats vandaan? Zat hij zich nog meer te bezatten? Had hij misschien toch begrepen dat mama zo niet verder wilde?

"Ik ga dadelijk nog even luisteren in de garage. Als alles rustig is, dan slaapt hij vast al..." Moeder keek hem twijfelend aan.

"Zodra je weg bent, zal hij proberen binnen te komen."

"Alle deuren gesloten houden. Je maakt voor niemand de deur open. Voor niemand, hoor je? Zeker niet voor hem!"

Leen speelde met haar legoblokken. Els zat aan de keukentafel en werkte in zeven haasten een huistaak af. Ze schreef slordig en snel. Bert lag met gestrekte benen op de salontafel en bereidde zijn toets voor. Hij dreunde halfluid zijn les op. Els kreeg het ervan op haar heupen.

Toen brak de hel los.

Zwaar aangeschoten zeilde vader van de garage naar de achterdeur. Zonder waarschuwing sloeg hij met zijn blote hand de ruit stuk. De scherven rinkelden op de keukenvloer. Met een ruk trok hij zijn arm terug. Vader haalde zijn hand open en het glas kleurde rood. Hij leek niks te voelen.

Leen gilde van schrik. Ze sprong op Els toe en begon te huilen.

Bert stoof naar de keuken. Hij zag de arm die naar de sleutel tastte. Bert schoot vooruit om zelf de sleutel te grijpen. Hij worstelde met de arm van zijn vader. Hij kon de sleutel uit het sleutelgat trekken en hield de sleutel achter zijn rug. Zijn hart ging tekeer als een razende.

"Weg hier," siste hij zijn zussen toe.

Die hadden niet eens zoveel woorden nodig. Ze verdwenen naar de kamer ernaast. Els drukte Leen stevig tegen zich aan. Haar handen beefden, maar ze moest zich sterk houden. Voor Leen.

Vader vloekte. "Laat me binnen, Bert."

"Dronkaards blijven buiten."

"Wie zal mij tegenhouden? Roep snel je moeder."

"Die is er niet."

"Natuurlijk niet, die kattenmoeder laat haar kinderen alleen. Zij heeft het te druk met lol maken en andere mannen opvrijen. Dat wijf deugt ook nergens voor! Wacht tot ze onder mijn handen komt! Laat me erin, verdomme, of ik beuk de deur in!"

Een buurman die het kabaal had gehoord, kwam over het tuinmuurtje poolshoogte nemen. Vanaf een trapladdertje keek hij in de richting van het rumoer. In één oogopslag zag hij welk tafereel zich aan de achterdeur afspeelde.

"Kan het wat zachter? De kinderen slapen al."

"Die van mij nog lang niet. Waar bemoei je je mee?"

"Je leeft hier niet alleen in de buurt. Je mag wel eens leren rekening te houden met andere mensen."

"Wat wil je? Wil je een dreun?"

"Als je niet meteen ophoudt met dat lawaai, bel ik de politie."

"Nog voor die hier zijn, breek ik je nek, stomme lul! Het is nog voor tienen. De flikken kunnen me niks maken."

"Ook niet als je je kinderen terroriseert?"

"Doe ik dat dan? Zie jij me iemand slaan? Hou je waffel en ga ergens anders je neus in andermans zaken steken, zak!"

"Ga jij me de les lezen?"

"Je kunt beter je eigen vrouw haar gangen eens nagaan. De postbode moet de laatste tijd wel opvallend veel pakjes persoonlijk afleveren. Als ik jou was, zou ik maar eens onverwacht naar huis komen van het werk."

Daar had de man niet van terug. Geschokt liet hij zich achter het tuinmuurtje zakken en droop af. Mensen die aan de andere kant van de straat toekeken, gaven commentaar, maar verroerden geen vin. Ze stonden als brokken graniet toe te kijken en bleven stille getuigen.

"Als de deur niet binnen vijf seconden open is, zet ik de hele boel op stelten. Voor de allerlaatste keer: maak open die deur."

Bert gooide uit volle kracht een Spafles door de kapotte ruit. Ze sloeg stuk tegen de muur. Ze had zijn vader niet geraakt. Jammer.

Els kwam bang de keuken in, op de voet gevolgd door een snikkende Leen. Bert maande hen terug de woonkamer in te lopen.

"Blijf daar, Leen."

"Ik durf niet. Ik ben zo bang."

"Blijf daar staan! De keuken ligt vol glasscherven."

"Bert, verdomme, laat me binnen! De hele buurt staart me aan."

"Al komt de koning kijken, dan nog laat ik je niet binnen."

"Die grote bek van jou, die timmer ik nog dicht. Laat me binnen, ik bloed als een rund. Ik sta hier te bevriezen."

"Al bloed je dood."

"Ellendeling! Je bent een mislukkeling! Door jou heb ik met je moeder moeten trouwen, verschoppeling. Aan jou heb ik maar één keer plezier beleefd. Jij bent de nagel aan mijn doodskist."

"Jij kunt er niet snel genoeg in liggen!"

"Wat zeg je daar, stuk onbenul? Wacht tot ik je te pakken krijg. Els, ben jij daar? Laat me binnen! Je vader bloedt dood. Ik heb verzorging nodig. Kijk eens hier." Vader hield zijn bloedende arm door de kapotte ruit. De pols en de hand waren rood gekleurd. Bloeddruppels spatten op de keukenvloer. Bert zag hoe de twijfel op Els' gezicht te lezen stond. Ze kreeg medelijden. Vader moest verzorgd worden.

"Geen denken aan. Hij blijft buiten, Els. Je hebt moeder gehoord."

"En als er een slagader geraakt is, Bert? Dan bloedt hij echt dood. We moeten hem binnenlaten."

Vader nam een aanloop en beukte met zijn schouder tegen de deur. Het hout kraakte, maar brak niet.

In paniek pakte Els de sleutel en maakte de deur open.

Als een wild verscheurend beest sprong vader de keuken in.

Leen vluchtte naar de woonkamer.

Bloeddruppels vielen op de grond en trokken een spoor door de keuken. Even kwam Leen van achter de deur piepen. Ze veegde de tranen van haar wang. Els nam een zakdoek en veegde haar neus af. Vader zag haar.

"Kom maar, Leentje, kom."

"Ik durf niet, je maakt me bang."

"Het is allemaal niks. Ik ga je een zoentje geven. Kom maar hier."

Aarzelend kwam Leen dichterbij. Ze schrok toen ze merkte dat vaders hemdsmouw onder het bloed zat.

"Papsie, je bloedt!"

"Och, een schrammetje. Een zoentje en het is zo weer over."

"Ben je niet meer boos?"

"Op jou? Jij bent mijn schatje. Mijn oogappeltje. Hoe zou ik kwaad op jou kunnen zijn? Jij ziet papsie wel graag, is het niet?"

Overtuigd knikte ze. Ze keek met bange ogen naar vaders arm.

"Ga je nu echt dood, papsie?"

"Laat mij je hand verzorgen," probeerde Els hem te kalmeren.

Vader waste zijn hand onder de kraan. Een rode straal spoelde in de afwasbak. Leen kwam helpen. Uit een gapende vleeswond sijpelde donker bloed. Els slaakte een kreet van paniek toen vader zijn hemdsmouw losknoopte en omhoogschoof. De snee op vaders voorarm was zeker tien centimeter lang.

"Er is een slagader geraakt! Je bloedt dood."

"Helemaal niet. Geen paniek. Het is enkel maar een schrammetje. Het lijkt met dat water veel erger dan het is. Dat geneest wel. Als er een slagader was geraakt, dan zou je het bloed eruit zien pompen."

"Dat moet gehecht worden. Daar moet een dokter bij komen. Die wond is veel te groot voor een pleistertje."

"Die zeikerd zeurt alleen aan mijn kop. Een preek kan ik missen als kiespijn. Ik lap mezelf wel op, daarvoor heb ik geen kwakzalver nodig. Hebben wij pleisters of verband in huis?"

"Waar zou ik die moeten vinden? Ons medicijnkastje is zo goed als leeg."

"Gatverdamme! Als ik hier niet alles zelf doe."

Vader nam een vaatdoek en wond die om zijn hand. Hij vertrok zijn gezicht van de pijn. De verdoving van het moment van woede was weggetrokken. De vaatdoek kleurde in een mum van tijd rood. Vader beet op zijn tanden en vloekte.

"Dat ziet er niet zo goed uit. Zou je het niet ontsmetten?"

"Waar is dat voor nodig? Denk je nu echt dat ik sterf van een schrammetje? Er zit genoeg alcohol in mijn bloed om een heel ziekenhuis te ontsmetten."

"De dokter moet dat hechten, echt waar. Zal ik hem bellen?"

"Niet nodig. Heb jij je moeder verteld dat ik heb gedronken?"

Verlegen keek Els naar de grond. Ze hield haar tanden op elkaar. Ze schudde ontkennend haar hoofd. Ze wist dat ze hiermee haar broer in een lastig parket zou brengen.

"Als jij het niet geweest bent, wie blijft er dan over die het gezegd zou kunnen hebben? Wie is er vanmiddag nog meer bij ons geweest?"

Els zweeg. Bert zou de volle laag krijgen. Ze voelde zich ellendig. Ook zonder dat ze iets zei, zette vader zijn oudste kinderen tegen elkaar op.

"En ik had jullie nog zo gevraagd niets te zeggen."

Els bedacht hoe ze Bert kon redden. Als ze iets zinnigs kon bedenken...

"Misschien heeft mama het wel geroken aan je adem."

"Goed geprobeerd, meisje, maar ik ben niet in huis geweest. Ik heb je moeder alleen gesproken met glas tussen ons in. Het is bewonderenswaardig dat je het voor die lieve broer van jou opneemt, maar het zal jullie niet helpen. Waar is Bert?"

Ze haalde haar schouders op.

"Bert! Waar zit je? Waar zit dat stuk ongeluk?"

"Laat hem met rust. Hij moet nog werken voor school."

"Hou je erbuiten, meisje. Ruim die rommel hier op, voor Leen zich snijdt."

Vader strompelde de woonkamer in.

Bert zat over een boek gebogen. Hij had gehoopt dat Els vader zou kunnen kalmeren. Blijkbaar was ze er niet in geslaagd hem in de keuken te houden. Zij kon hem nog min of meer de baas als hij dronken was. Zij kreeg ook maar zelden slaag.

"Aan het leren, jongen?"

Dat toontje! Vader was op een confrontatie uit. Bert kookte, maar besloot te zwijgen.

Vader kwam naast hem staan. Zou hij meteen uithalen? Bert zette zich schrap. Als hij snel genoeg reageerde, kon hij de klap wel met zijn handen opvangen.

"Wat ben je aan het leren?"

Bert deed of hij niets hoorde. Hij wist dat als hij één woord zei, hij verloren zou zijn. Hij wist dat vader net zo lang vragen zou stellen tot hij wel zou moeten antwoorden.

"Zijn we onze tong kwijt?"

Koppig hield Bert zijn lippen op elkaar. Hij voelde vaders stinkende adem op zijn wang. Hij hield zijn ogen neergeslagen. Vader gaf hem een treiterig duwtje tegen zijn schouder en hield hem uitdagend zijn bebloede hand voor. Toen wreef hij een bloedspoor in Berts gezicht.

"Welk vak?"

"Frans."

"Waar heb je dat voor nodig? Je kent amper Nederlands. Boekenwijsheid. Met jou wordt het toch nooit wat. Je zult het nooit kennen, dus waarom zou je leren, stuk onbenul?"

Een harde vuistslag trof Bert vol in het gezicht. Hij had niet snel genoeg gereageerd om de slag op te vangen. Hij viel van zijn stoel.

"Dat is voor die doodskist van daarnet. Jij zou me laten dood- bloeden, hè rotzak?"

Vader schopte hard tussen zijn ribben. Bert kreunde en wilde wegkruipen, maar een voet op zijn rug hield hem tegen.

Els gilde en probeerde haar vader van Bert weg te duwen. Ze voelde de pijn van haar broer. Tranen sprongen in haar ogen. Ze kon niet tegen onrecht. Wie haar broer durfde aan te raken, kreeg haar ook tegen zich.

"Je bent een sukkel. Nooit zul je kunnen wat je vader kan.

Nog niet eens het tiende deel. Niemand kan aan me tippen. Zelfs Superman niet. Ik in mijn tijd..."

"Laat me toch met rust," steunde Bert.

Een grote maai van vaders arm en de tafel was leeg. Schoolboeken, pennen en papieren vlogen door de kamer. Vader schopte naar alles wat hij in zijn gezichtsveld kreeg. Bert kreeg het hard te verduren. Zijn vader greep hem bij zijn haar en veegde hem door de kamer.

"Vannacht doe jij geen oog dicht. Jij beleeft vannacht een nachtmerrie. En niet in je dromen. Daar zal ik persoonlijk voor zorgen."

Geluid bij de achterdeur. Voetstappen. Glasscherven rinkelden.

"Wat is hier in godsnaam gebeurd?"

Bert slaakte een zucht van opluchting. De stem van moeder kon hij van mijlenver herkennen. Gered!

"Jij zegt geen woord tegen je moeder, hoor je? Eén woord en ik knijp je strot dicht."

Bert keek zijn vader uitdagend aan. Nu pas voelde hij zijn pijnlijke ribben. Hij tastte naar zijn zere rug. Samen met de opluchting, voelde hij de pijnlijke steken in zijn zij.

"Huub, wat heb je aangericht? Moet je al dat bloed zien! Wat is er gebeurd? Is er iets met de kinderen?"

"Lia, ben jij dat? Ben je nu al terug?" Vader stak een waarschuwende vinger op naar Bert. Hij haalde zijn wijsvinger over zijn keel.

Bert voelde zich sterk. Zijn beschermengel was in de buurt. Een ijzige kalmte kwam over hem. Samen met haar kon hij vader wel aan.

"Jij zegt geen woord, snotneus," siste vader nog net voor de deur opening. Moeder overzag de ravage. Gescheurde bladen papier en de pennen op de vloer. De televisie in puin. Ze wisselde een blik met Bert en vloekte.

"Nu ben je te ver gegaan, Huub. Hoor je dat? Waar zijn Leen en Els?"

"Die zijn naar boven. Die slapen al." Vader probeerde zo normaal mogelijk te doen, maar elk woord, elk gebaar verraadde hem. Bert hoefde niets te zeggen. Zijn blik volstond om het hele verhaal aan moeder te vertellen. Ze voelde vast feilloos aan wat haar kinderen alweer hadden moeten doorstaan.

"Je bent stomdronken. Zal dat dan nooit eens ophouden met jou? Jij gaat maar door en door en je leeft niet meer. Verdomme, Huub, doorgaan met jou zit er niet meer in. Jij speelt met mensen. Alles in orde, jongen?"

Bert knikte. Een kort knikje, maar het was genoeg.

"Goed dat het niet druk was in het café. Ik kan je ook geen ogenblik alleen laten. Jij bent erger dan een kind."

"Nu weet je morgen tenminste wat je moet doen. Ik help je."

"Ik krijg ook zonder je hulp mijn werk amper rond. Jij bent een verschrikkelijke idioot, besef je dat wel?"

"Waarom begin je telkens te zeiken als je thuiskomt?"

"Bekijk de bende die je hebt aangericht."

"Hij is begonnen."

"Heeft Bert jou aangezet tot drinken? Is het dat wat je bedoelt?"

"Ach, mens. Ik ga mijn auto halen. Ajuu!"

"Jij gaat in deze toestand toch niet... ?"

De deur sloeg al achter hem dicht. Alles in huis daverde door de luchtverplaatsing.

Bert fronste. Zei hij mijn auto? Hij zou toch niet? Nee, hij bedoelde vast Dicks auto. Zo laat op de avond? Bert haalde haast onmerkbaar zijn schouders op. Hij had het allang opgegeven de logica te ontdekken die een alcoholicus hanteert. De enige logica die zijn vader nog kende was die van het egoïsme.

Een auto startte en reed weg.

"Als hij maar geen ongeluk veroorzaakt," verzuchtte moeder.

Bert knikte. Dan konden ze het huis wel verkopen. Aan de andere kant zou hun leven wel een stuk rustiger worden, als vader voor een paar jaar achter de tralies zou gaan.

Hij schudde die gedachte weer snel van zich af. Voor zijn rust hoefden er geen onschuldige mensen te verongelukken.

Moeder gaf Bert een aai over zijn haar. Hij lachte. Hij had het overleefd. Totaal ontreddert zocht hij zijn spullen bij elkaar. De haat groeide bij elke pen die hij terugvond.

"Ik schrijf wel een briefje voor je juf. Over dat leerboek. Zaterdag krijg ik geld van mijn baas. Dan koop je een nieuw boek."

"Dat boek betekent niets. Dat geld betekent niets."

"We hebben alleen elkaar. Dat is onze enige rijkdom."

"Voorlopig wel," beaamde Bert, terwijl hij zich afvroeg hoe lang dat nog zou duren. Hij wilde zijn moeder niet nog ongeruster maken, dus hield hij zijn mond. Hij voelde een stekende pijn in zijn zij. De overhoring Frans kon hem gestolen worden. Dat er geen geld was, stelde hem gerust: vader zou nooit een internaat kunnen betalen. Dat was gelukkig voor één keer een loos dreigement.

"Ik ga maar eens naar bed. Welterusten!" wrong hij zo gewoon mogelijk uit zijn mond.

Moeder keek hem ongerust aan.

Bert gaf haar een zoen.

Ze knuffelde haar zoon en kneep hem zowat plat.

"Ik ben zo trots op je," fluisterde ze.

"Au! Mijn ribben. Het gaat wel. Ik heb al erger meegemaakt."

Moeder liep mee naar boven om te checken hoe het met Leen en Els ging.

Els was nog wakker. Ze zei geen woord.

De stilte tussen hen drieën zei meer dan duizend verzen.

Ogen logen niet. Moeder kreeg het even te kwaad. Els huilde. Het werd haar allemaal te machtig. Moeder probeerde haar op te beuren.

"Probeer maar een beetje te slapen, meisje."

"Je weet dat het niet lukt," snikte ze.

"Probeer het toch maar."

"Hij zei me dat ik mijn plechtige communie niet mocht doen."

Moeder gaf Els een zoen. Ze knipte het licht uit.

Het meisje bleef in het donker achter. Met strak gesloten ogen bad ze om een wonder. Een wondertje volstond. Hoe zou het eigenlijk in de hemel zijn? Hoe kon een zachtaardige man onder invloed van de drank zo onvoorspelbaar veranderen in een wreed monsterdier? Daar kon haar verstand niet bij. Met elke slok bier verdween een beetje menselijkheid uit de man van wie ze zo graag zou houden. Ze huilde tot ze in slaap viel. Zelfs dan kwamen verschrikkelijke nachtmerries haar rust verstoren. Angstige dromen waren haar trouwe bedgenoten.


Bert lag ook nog lang wakker. Angstvallig luisterde hij naar wat er zich beneden nog afspeelde.

Een kwartier nadat vader was vertrokken, kwam hij terug. Hij toeterde een paar keer. Het geluid kwam onmiskenbaar van een andere auto...

Vader stapte uit. Hij sloot de auto af en liep achterom.

"Lia, kom eens kijken."

"Wat voor verrassing heb je nu weer in petto? Is Dicks auto kapot?"

"Veel beter. Wij hebben weer een eigen auto. Betaald met een voorschot van mijn werk. We hebben opnieuw een auto."

"Heb jij een voorschot gevraagd op je loon?"

"Geen probleem voor mijn baas."

"Nee, maar voor mij wel. Jij geeft geld uit dat je nog moet verdienen."

"Hij is niet nieuw, natuurlijk. Best een leuk karretje. Helemaal van ons. Kom eens kijken."

Bert sloop naar het raam. Een oude Honda met een beschadigde koplamp en zonder bumper vooraan stond op de oprit. Overal zaten krassen en roest.

De stemmen van vader en moeder weerkaatsten gedempt tegen de gevel.

"Proficiat, Huub. Je hebt een wrak gekocht. Hij zal prima bij je passen. Een hoop rijdend schroot, ga je daarmee elke dag de weg op?"

"Wat weet jij van auto's? De motor doet het nog prima. Wat onder de motorkap zit, dat is van belang."

"Hoe haal je het in je hoofd geld uit te geven aan een auto die rijp is voor de sloop? Wanneer ga jij je eindelijk eens als een volwassen man gedragen en je verantwoordelijkheden onder ogen zien?"

"Kom nou, Lia. We gaan erop vooruit."

"Als je bedoelt dat onze schuldenberg steeds groter wordt, dan gaan we er zienderogen op vooruit."

"Die auto is betaald."

"Met geld dat nog niet eens van jou is. Ik zet nooit een stap in die doodskist op wielen. Als je dat maar weet. En de kinderen ook niet. Je verongelukt maar in je eentje."

"Waarom doe je weer zo vijandig? Ik bedoel het goed."

"Jij bent zoals de auto die je kocht: een wrak. Terwijl wij hebben geprobeerd, vaak tegen beter weten in, in al deze ellende menselijk te blijven, ben jij ontmenselijkt. Samen met het verstoppen van de bierflesjes ben je ook begonnen met het verstoppen van je gevoelens. Hoe lang is het geleden dat je nog eens eerlijk tegen me was? Echt eerlijk, zonder bijbedoelingen?

Niemand kan jou nog wegtakelen, tenzij jijzelf."

Moeder verdween ziedend terug in huis. Vader leunde tegen de auto en wreef door zijn stoppelbaard. Hij zag er beroerd uit. Op twee dagen leek hij wel tien jaar ouder geworden. Zijn huid was grauw. Zijn ogen waren rood doorlopen en stonden diep in de oogkassen. Zwarte rouwranden omkringden zijn troebele ogen. Een woeste blik tekende hem.

Bert keerde zich weg van het raam.

# Duwen

Vader wekte de twee oudsten met veel lawaai.

Slaapdronken keek Els haar vader aan. Wat gebeurde er nu weer?

Onzacht sleepte hij Bert zijn kamer uit. In pyjama duwde hij zijn kinderen voor zich uit de trap af.

"Wat gebeurt er?" vroeg Leen, die door het lawaai wakker geworden was.

Vader lachte vriendelijk naar haar. "Ga maar weer slapen, schatje. Het is niets."

De twee oudsten keken beneden aan de trap hun vader vragend aan. Zou de nachtmerrie opnieuw beginnen?

"Helpen, allebei!"

"Wij moeten naar school. Wij kunnen geen blaadjes in brievenbussen doen."

"Het duurt maar even. Je hoeft niet eens een jas te nemen, want je krijgt het vanzelf wel warm."

"Wat moeten we doen?"

"Helpen duwen bij het starten van de auto. Een half minuutje. Het is zo gepiept."

"Start hij niet?"

Bert moest wegduiken of hij liep tegen vaders hand aan. Zwijgen was goud in dit huis.

Moeder versperde de weg naar de achterdeur. Met haar armen gekruist trotseerde ze vader.

"Je gaat bij de buurman startkabels vragen, Huub. De kinderen blijven binnen."

"Ga opzij, mens. Jullie drieën helpen duwen. Nu!"

Bert en Els keken elkaar aan. Het werd met de dag erger. Dit kon niet blijven duren. Op een kwade dag zouden er ongelukken kunnen gebeuren. Terwijl hun vader met hun moeder worstelde, probeerde Bert zijn zus op te monteren: "Ook goeie morgen."

Els kon er niet om lachen. Ze probeerde haar vader tot bedaren te brengen. Ze wist hoe ze het beste tussenbeide kon komen. Soms kreeg ze wel eens een tik of een duw, maar vaak kon ze vaders agressie afzwakken en hem tot rede brengen. Dikwijls ging ze letterlijk tussen haar ouders in staan.

"Kom vader, we helpen je wel." Ze knipoogde naar haar moeder. Hoe sneller ze hem het huis uit werkten, hoe sneller de rust zou weerkeren. Moeder begreep de hint en gaf toe. Voor de rust en de vrede.

De koude greep hen bij hun nekvel. Op pantoffeltjes en in een dun pyjamaatje liepen Bert en Els, gevolgd door hun ouders, naar de Honda.

Vader ging achter het stuur zitten en achterwaarts duwden ze de auto de straat op.

"Duwen, zo hard jullie kunnen. De motor zal meteen aanslaan."

"Schiet op, pa, ik bevries zowat."

Vader draaide de contactsleutel om en schakelde in de eerste versnelling. Zodra er beweging in de auto kwam, liet hij de koppeling los. Met schokken blokkeerde de auto. Zodra de auto bijna stilstond, trapte hij het koppelingspedaal opnieuw in. Hij draaide het raampje open en hield het koppelingspedaal ingeduwd. Ze kregen weer een beetje vaart.

"Harder duwen, het was bijna gelukt." Hij lachte.

Bert voelde zijn handen al niet meer. En die klootzak maar lachen. Wat moest je doen om een auto weer aan de praat te krijgen? Deed vader het wel zoals het hoorde? Dit sloeg nergens op. Vader zou toch wel weten...?

Na nog een paar keer hetzelfde scenario, gaven ze er de brui aan. Trillend op hun vermoeide benen gingen ze langs de kant van de weg staan. Bert stond voorovergebogen en steunde met zijn handen op zijn bovenbenen.

Vader lachte hen weer toe, maar Bert kon zich niet van de indruk ontdoen dat er iets onder dat lachje verborgen zat. Vader zou toch niet zo gemeen zijn... Bert voelde zijn pijnlijke ribben en kende eigenlijk het antwoord al op zijn vraag. Vader nam hen in de maling. Zoveel was duidelijk. Had hij misschien ontdekt dat Bert zijn verborgen fles jenever had weggenomen? Of wilde hij nog steeds wraak voor gisteren? Aan de blik die Els hem toewierp zag hij dat ze vader ook doorhad.

"Dit lukt ons nooit, pa."

"Ben je zeker dat er nog leven zit in deze schroothoop, Huub?"

"Kom op, jongens. Nog één keer. Als het dan niet lukt, geven we het op. Ik weet zeker dat hij start. De laatste poging."

Vader schakelde in de tweede versnelling. Het duwde een stuk makkelijker. Meteen nadat vader de koppeling losliet, kwam de motor met een schok op gang. Vader gaf flink wat gas, zodat het drietal achter de auto in een flinke rookwolk achterbleef.

"Daar zijn we vanaf."

Bert en Els klapten met hun linkerhand tegen elkaar.

"All right! Die twee zijn klaar voor de sloop."

Meteen was de stemming een stuk minder bedrukt. Ze haastten zich naar binnen. Er was een zee van tijd om zich te wassen en aan te kleden. Moeder kookte een paar eitjes en smeerde de boterhammen voor de kinderen. Het was ijskoud. Al twee weken zaten ze zonder stookolie. Ondertussen was ook Leen opgedoken. Met zijn vieren zaten ze zo gezellig als het mogelijk was aan de keukentafel te ontbijten. Er werden grapjes gemaakt en de sfeer was opperbest.

Bert merkte wel dat moeder haar zorgen probeerde te verbergen. Omwille van haar kinderen had ze zich al vaak ontpopt als een geboren actrice. Ze had duizend gezichten. Voor elke gelegenheid één. Haar echte gezicht zag bijna niemand meer.

"Zo, kinderen. Tijd voor school."

Een auto stopte voor het huis.

Vader kwam binnen. Hij zag er een stuk kalmer en beheerster uit. Zijn ogen stonden weer recht en zijn hand was weer vast. Die heeft vast zijn eerste borrels al achter de kiezen, dacht Bert.

"Ik breng jullie naar school. Stap maar in."

"Is er genoeg ruimte om te zitten?"

"Wat dacht je dat ik het afgelopen uur heb gedaan? Ik heb al flink wat bladen bezorgd. Bert en Els kunnen met mij mee."

"Is het wel veilig, Huub?"

Bert begreep meteen wat zijn moeder wilde zeggen.

"Ik ga wel op de fiets."

"Oké. Els, jou zet ik wel af bij de school. Mamsie brengt jou wel naar school, Leen. Flink je best doen, meisje."

Vader gaf Leen een zoentje.

# De druppel

"Ik ga al," zei Bert.

"Tot vanavond, jongen. Zou je niet liever te voet gaan, Els? Met je vriendin?"

"Kom je, Els?" Vader keek haar dwingend aan. Ze liep met vader mee naar de auto. Ze wurmde zich op de passagiersstoel. Haar vader had weer gelogen. Nog geen enkel reclameblad had hij bezorgd. Niet één! Ze durfde niets te zeggen. Als ze iets liet merken, kreeg ze bonje. Daar had ze niet bepaald zin in.

"Pa, de school is wel de andere kant op."

"Natuurlijk, ik weet het wel."

"Wat doen we hier dan?"

"Jij gaat vandaag niet naar school. Jij gaat me helpen. Ik schrijf wel een briefje voor je meester. Hij begrijpt het wel."

"Hij misschien wel, maar ik niet. Ik wil naar school."

"Wat ben je van plan? Uit de auto springen of wat? Jij helpt me. Op school kun je niets uitrichten. Je kunt bij mij veel meer leren. Wat kan zo'n meester je nu leren? Wat weten die betweters meer dan ik?"

"Mama zou dat nooit goedvinden."

"Zij heeft het maar goed te vinden. Ik ben het gezinshoofd en ik beslis wat jij wel of niet doet.Vandaag help je mij."

"De meester zal naar huis bellen."

"Ik zal de meester wel inlichten. Weet die veel waar je uithangt. En deze keer houd je je klep dicht tegen je moeder, begrepen?"

Els beet op haar tong. Ze zat gevangen. Haar vader was niet alleen een gewiekste leugenaar, hij was ook een gewetenloze lafaard die mensen zonder de minste scrupules voorloog. Beetje

71

bij beetje ondergroef hij het respect dat ze nog voor hem probeerde op te brengen.

De hele ochtend liep ze de brievenbussen langs. Vader bleef in de auto volgen. Hij mopperde voortdurend omdat het hem te traag ging. Om het uur gingen ze een café binnen om zogezegd wat op te warmen.

Els haatte haar vader en zijn rotwerk. Zodra ze kon, zou ze de benen nemen, zeker weten. Dan kon hij oprotten met zijn rotblaadjes.

"Het werk schiet goed op. Als je zo doorgaat, kun je vanmiddag gewoon weer naar school. Eerst nog even plassen."

Toen vader van het toilet terugkwam was Els niet meer te zien...

Met tranen in haar ogen van woede liep Els zo snel haar benen haar konden dragen naar school. Dat ene ogenblik van onoplettendheid van haar vader was genoeg geweest om haar schooltas uit de auto te nemen en zich uit de voeten te maken. Ze had haar onderlip kapotgebeten van woede.

Niemand ging graag naar school. Els wel. In de schoot van de klas voelde ze zich veilig. Haar meester mocht haar graag. Zonder dat hij er ooit een woord over repte, voelde ze dat hij wist hoe moeilijk ze het soms had. De man had een zesde zintuig voor kinderen met problemen. Els vond hem de fijnste man die ze kende. Toen ze de speelplaats opliep, keek de directeur haar verrast na vanuit zijn kantoor.

"Zo, meisje, ben je toch nog gekomen?"

"Ja, meester."

"Voel je je al beter?"

"Ja, meester."

Els begreep meteen dat haar vader contact had gehad met de school. Ze hoopte dat de meester niet te veel lastige vragen meer zou stellen. Tegen hem loog ze liever niet. Haar klasgenootjes hadden niets met haar problemen te maken, vond ze.

"Geef je huiswerk maar af en neem je rekenboek op pagina 97."

Dat viel mee. Als ze haar vader vanavond onder ogen kwam, zou er wat zwaaien. Nu was ze voor even veilig. Hier kon ze onderduiken. Haar school was een fijne school. Zelfs de grootste etters kwamen haar nog lief voor. De school was haar geluk. Leren kon ze niet, maar ademen en leven kon ze er des te meer...

Het drukke gepraat van honderden leerlingen weergalmde in de enorme eetzaal.

"Ik wil mijn zoon zien. Nu meteen! De directeur kan me gestolen worden!"

Berts lach bevroor op zijn gezicht. Hij werd lijkbleek.

"Bert, je vader!"

"Hij gaat op de vuist met de Bloedhond."

"Bert, waar ben je?" riep zijn vader.

Bert ging door de grond van schaamte. De boel stond op stelten. Een paar leraren schoten de studiemeester te hulp. Er ontstond een onvervalst gevecht. Berts dronken vader brulde en tierde. Elke leerling volgde geamuseerd het tafereeltje.

Voor Bert was het de zieligste vertoning uit zijn leven. Hij schaamde zich dood. Zijn vader sloeg een leraar tegen de grond. De zaal joelde. Bert liep naar de vechtende mannen. Het liefste wilde hij in de grond kruipen om nooit meer aan de oppervlakte te komen.

"Vader, ben je helemaal gek geworden? Je bent dronken."

"En wat dan nog?"

"Je zet me hier voor joker voor de hele school."

"Jij gaat van school af. Wat kun je leren van die zuurpruimen?"

73

"Ga met hem mee, Bert. Ik denk dat het op dit ogenblik het beste is," zei de leraar van wie Bert geschiedenis kreeg.

"Ik bel de politie," dreigde de studiemeester.

"Rustig maar, collega. Laat ons eerst proberen dit circus stil te leggen. Hoe zit het, meneer, verlaat u goedschiks de eetzaal?"

Vader hijgde nog na. Hij knikte. "Als die clown daar meteen mijn zoon had geroepen, was er niets gebeurd."

"U heeft gedronken, meneer."

"Dat zijn mijn zaken."

"Ga nu maar, Bert. We regelen het wel."

Met het schaamrood op zijn wangen leidde Bert zijn vader naar buiten. Hij kookte zowat. Zijn bloed veranderde in gloeiende lava. Tranen liepen over zijn wangen.

Zodra ze in de auto zaten, schold hij zijn vader de huid vol. "Je bent straalbezopen! Hoe durf je je zo op mijn school te vertonen? Jij verdient toch wel de prijs voor de megasuperste klootzak die er bestaat. Rotte hond!"

"Het is Els haar schuld."

"Wat heeft Els hiermee te maken?"

"Die pestkop heeft me vanochtend mooi laten stikken. Wacht maar."

"Hoezo laten stikken?"

"Ze liep zomaar weg, zonder iets te zeggen."

"Van school?"

Vader zweeg. Hij probeerde de sleutel in het contact te steken. Pas bij de vierde poging lukte het. Bert voelde de priemende blikken van zijn medeleerlingen door de ramen van de eetzaal. Deze vertoning sloeg alles. Nooit eerder in zijn leven had hij zich zo vernederd gevoeld. Zijn maag keerde om.

"Je gaat toch niet rijden in die toestand?"

"Ik zal wel moeten."

"Je bent lazarus."

"Met een auto kun je niet vallen. We zijn weg."

"Ik stap uit." Bert aarzelde. De hyena's stonden nog steeds met hun neuzen tegen de ramen geplakt. Zodra hij zich op de speelplaats zou vertonen, zouden ze hem verscheuren met hun wrede blikken, hun gegrijns en hun gebaren. Een machteloze studiemeester probeerde tevergeefs iedereen bij de ramen weg te houden. Bert bleef zitten.

Hij voelde de priemende ogen van de directeur van op de eerste verdieping. Zodra er een blaadje bewoog op de speelplaats, stond hij bij het raam. Bert hoefde niet eens omhoog te kijken. Hij wist dat het schoolhoofd er stond. Hij stond er altijd. Niemand zou hem hoeven in te lichten. Hij zag alles, hij wist alles. Bert kromp in elkaar.

"Klootzak! Jij bent echt wel een schlemiel," zei hij luidop. Bert probeerde de autosleutels uit het contact te draaien, maar zijn vader was hem te snel af. Bert kreeg een klap in zijn gezicht. Vader schakelde in zijn achteruit en reed met veel te veel gas de struiken in die de speelplaats afzoomden.

Bert trok de handrem op. De auto blokkeerde. In een tweede poging sukkelde vader de speelplaats af.

"Je bent gek als je gaat rijden! Sukkel."

"Ik moet wel. Als je zus niet wil werken, doe jij het maar. Jij gaat me helpen."

Er ging bij Bert een licht op. Daarom wilde hij Els zo nodig naar school brengen.

"Ik moet je helpen na wat je mij hebt aangedaan? Jij kunt je stapels papier in je reet posten voor mijn part, maar ik raak die smerige rotblaadjes niet aan."

"Oh nee? Dan zet je geen poot meer op het voetbalveld. Daar zorg ik voor." Vader was net de straat opgereden. Hij schakelde in tweede versnelling. Bert duwde het portier open.

"Ik spring!"

"Daarvoor ben je te laf!"

Bert drukte zijn veiligheidsgordel los. Hij zwaaide het portier volledig open en sprong met een zwiep uit de rijdende auto. Hij rolde over het asfalt. Hij buitelde met een enorme koprol tot in het gras aan de kant van de weg. Even voelde hij niets. Toen deed alles pijn.

Vader reed met plankgas door.

Berts handen waren geschaafd, zijn voorhoofd geschramd. Hij tastte naar een pijnlijke knie. Het bloed kwam door zijn gescheurde broek. Hij kreunde en ging overeind zitten.

Een geschrokken vrouw die had gezien wat er was gebeurd, stopte bij hem. Ze zette een volle boodschappentas neer en gooide haar fiets in het gras.

"Gaat het, jongen?"

Bert kon geen woord uitbrengen. Hij zat verdwaasd voor zich uit te kijken. Hij verbeet de pijn en trok rare grimassen. Hij wist niet wat hij voelde. Braakneigingen rispten op.

"Zeg iets, jongen. Zal ik een ambulance bellen?"

Met een handgebaar gaf Bert te kennen dat het allemaal nogal meeviel. Hij stak zijn arm uit. De vrouw hielp hem op de been. Een pijnlijke steek in zijn knie. Hij steunde op de vrouw. Bert voelde zich duizelig. Zijn hoofd bonsde. Pijnscheuten trokken door zijn hals.

"Jij moet naar een dokter."

"Nee, laat maar," stamelde Bert, "ik red me wel."

"Ik bel de politie. Ik zag de nummerplaat."

"Nergens voor nodig. Ik weet wie die bestuurder is. Mag ik met u meerijden op de fiets tot bij de kerk? Daar neem ik wel een bus."

"Jij kunt zo geen bus in. Jij moet dringend verzorgd worden."

"Ik ga heus wel naar een dokter. Onze huisarts en ik, wij wonen in het buurdorp. Ik stap af voor zijn deur. Hij woont vlak in het centrum. Er is een bushalte voor zijn deur."

"Zal ik je naar huis brengen? Ik fiets naar huis en neem mijn auto."

Bert betastte zijn pijnlijke hoofd. Hij likte het bloed van zijn hand. Hulpeloos hing hij tegen de vrouw aan. Het werd wazig voor zijn ogen. Hij probeerde na te denken. Zwarte vlekjes vertroebelden zijn beeld. Hij keek de vrouw lachend aan.

"Dat is erg vriendelijk van u, mevrouw. Het is nergens voor nodig. Breng mij op de fiets naar de kerk. Kunt u me vijf euro lenen?" Bert bedankte de vrouw. Iedereen die voorbijkwam bekeek hem van top tot teen. Hij voelde een fikse buil op zijn voorhoofd. Zijn bebloede gezicht schrok de mensen af. Ook de buschauffeur monsterde hem uitgebreid bij het instappen.

Bert strompelde na de rit de bus uit. Zijn slapen klopten verschrikkelijk. Hij zag de hele tijd zwarte vlekken voor zijn ogen. Zijn knie was warm. Hij had op de bus gevoeld hoe ze opzwol. Bert voelde elk bot in zijn lichaam. Deze keer was zijn vader te ver gegaan. Dit was de druppel.

# Judas

"Jongen, wat is er met jou gebeurd? Wat zie jij eruit? Je zit onder het bloed."

Moeder hielp Bert op een stoel. Bezorgd keek ze haar zoon aan. Hij zag er belabberd en bleek uit.

"Heb jij een ongeluk gehad?"

Bert schudde zijn hoofd. Hij trok moeizaam zijn jasje uit. Hij kreunde bij elke beweging die hij maakte.

"Heb je gevochten? Jongen, wat hebben ze je toegetakeld! Ik neem een washandje. Met hoeveel waren ze?"

"Is Els al thuis?"

"Els, wat is er met Els? Ze bleef op school eten."

"Dus jij weet nergens van?"

"Wat moet ik weten?" Ze depte met een washandje het bloed van Berts voorhoofd. De jongen nam het washandje en hield het tegen zijn kloppende voorhoofd gedrukt. Hij sloot zijn ogen.

Moeder keek hem ongerust aan.

"Is er iets met Els? Hebben ze haar ook te grazen genomen?"

"Ik weet het niet. Ik weet het niet." Bert huilde.

Moeder nam het washandje weg. Ze veegde zijn handen schoon. Ze aaide hem over zijn hoofd. Hij trok zijn hoofd bruusk weg.

"Auw! Niet doen, mama."

"Ik bel de dokter."

"Nergens voor nodig. Het gaat wel. Mijn broek is gescheurd."

"Geeft niet, jongen. Laat me die knie eens bekijken."

Moeizaam schoof Bert zijn broek omlaag. Zijn knie zag blauw en werd dik door een bloeduitstorting.

"Bert, hier moet een dokter bij komen. Je moet naar het ziekenhuis."

"Leg er wat ijs op. Ik kan mijn knie buigen. Ze doet enkel wat pijn. Ik heb dat bij het voetballen ook wel eens gehad."

"Zo erg? De dokter moet komen."

"Je hebt geen geld."

"Dokter Leplae komt zo ook wel. Dat geld krijgt hij later wel. Kun je mij zeggen wat er gebeurd is?"

"Hij, hij, mijn vader is de goorste kloothond die er op aarde bestaat."

"Heeft hij dat...?"

Bert knikte. Het woord vader zou nooit meer een inhoud hebben. Vader was synoniem voor dood. Uitgewist. Overleden, zonder crematie.

"Wat heeft hij met Els uitgehaald?" Moeder liep naar de woonkamer. Ze zocht in de telefoongids. Bert hoorde haar een nummer intoetsen. Even later praatte ze met iemand. Bert kon de paniek in haar stem horen. Het duurde even voor hij haar stem weer hoorde.

"Ja, nee alles in orde, dan. Ik wilde alleen weten of Els wel op school was. Kunt u ervoor zorgen dat ze onder geen enkel beding met haar vader meegaat, meneer de directeur? Ik reken erop. De uitleg krijgt u morgen wel. Ik geef haar een briefje mee voor u. Bedankt voor uw begrip."

Opgelucht kwam moeder de keuken weer binnen. "Els is oké. Zij is op school."

Bert was blij voor haar. Zij was tenminste ongedeerd. Alles in zijn lichaam deed zeer. Zijn hoofd tolde. Hij kon zijn ogen nauwelijks openhouden.

"Jij gaat in een lauw bad je wonden uitwassen. Ik bel dokter Leplae. Die zal ons wel helpen. Jongen, jongen."

"Zou je dat wel doen, mama? Je weet hoe vader is. Hij is tot alles in staat. Dit zal ons zuur opbreken."

"Dit zal hem zuur opbreken," zei ze vastberaden. Ze keek strak voor zich uit. "Ik laat een bad voor je vollopen. Na het bad ga je even liggen." Ze gaf hem een kus op zijn schouder.

"Voor mij is hij dood, mama. Voor altijd. Ik ga hem begraven. Voor eeuwig en drie dagen. Bloemen noch kransen."

De dokter kwam snel tot de conclusie dat Bert moest geröntgend. Omdat de jongen klaagde over een onuitstaanbare hoofdpijn wilde de arts geen risico nemen. Berts ogen vertoonden alarmerende symptomen. De dokter maakte zich grote zorgen.

"Hoe erg is het, dokter?"

Hij kuchte.

"Met Bert valt het wel mee, maar hoe erg is het hier gesteld?"

Moeder beet op haar onderlip.

"Wat denkt u, dokter?"

"Ik ben bang voor een lichte hersenschudding. Uw man is toch niet verantwoordelijk voor deze verwondingen, hoop ik?"

"Nee, een klein ongelukje," loog Bert ongevraagd. De dokter keek hem met de nodige argwaan aan.

"Je hoeft niet te liegen, Bert. Als ik de situatie hier niet zou kennen, dan... Als jouw vader hierachter zit, dan is er sprake van kindermishandeling."

"Nee, echt niet, dokter. Ik lette even niet op en..." Bert betrapte er zichzelf op dat de reflex om zijn vader in bescherming te nemen, feilloos werkte. Het zat bij hem ingebakken. De man die hij dood wenste en diep in zijn binnenste haatte, bleef hem manipuleren. Ook al wilde Bert de waarheid zeggen, hij kon het nog steeds niet.

"Drinkt hij weer, Lia?" De dokter keek bedenkelijk. "Je weet, als je mij nodig hebt... Ik rijd met je zoon naar het ziekenhuis. Ik bel even dat we eraan komen."

"Het ziekenhuis. Dat kunnen wij niet betalen, dokter."

"Dat regelen we wel."

Moeder stond handenwringend heen en weer te drentelen. Bert wist niet of zij nog kon blijven zwijgen. Hij las de radeloosheid in haar ogen. De tussenkomsten van dokter Leplae hadden in het verleden de situatie nog onleefbaarder gemaakt.

"Het wordt onhoudbaar, dokter. Het wordt zo zachtjesaan hopeloos. Ik kan niet meer. Ik geef het op. Nu hij Bert zo heeft..."

Bert was blij toen hij de verlossende woorden hoorde. Ze bevrijdden alle opgekropte emoties en frustraties. Ze waren een luide kreet om hulp. Dokter Leplae had aan een half woord genoeg.

"Dus toch? Wil je dat hij opgenomen wordt?"

Grote tranen rolden over moeders wangen. Ze snikte luid. Ze zocht een zakdoek in een la. Berts hart verkrampte. Zijn moeder huilde nooit.

"Hoe eerder, hoe liever," antwoordde Bert in haar plaats.

"Waarom heb je zo lang gewacht, Lia? Je weet dat ik altijd bereid was je te helpen. Waarom doe je jezelf en de kinderen zoiets aan? Ach, laat maar." De stem van de dokter klonk niet verwijtend, veeleer begripvol.

"Als ik een antwoord had op de vraag waarom, dokter, dan kon ik elk probleem oplossen. Waarom is nu net de vraag waarop ik geen zinnig antwoord kan formuleren. Een buitenstaander begrijpt dat niet, zelfs u niet, hoe bekwaam u ook bent. Ga nu maar eerst met Bert naar het ziekenhuis. Zal ik een pyjama meegeven, voor het geval dat hij daar moet blijven?"

"Nee, laat maar. Rusten kan hij thuis ook."

"Denkt u?"

"Geef dan toch maar een paar spullen mee. Waar is je man?"

"Ik weet niet waar die uithangt. En eerlijk gezegd: het kan

me niet schelen ook. Hij kan verrekken." Ze haalde haar schouders op. Terwijl ze boven een en ander bij elkaar zocht, keken de dokter en Bert elkaar zwijgend aan.

Een uurtje later stonden Bert en de dokter alweer op de stoep. De dokter belde aan. Moeder opende haastig de voordeur. Ze was opgelucht toen ze Bert zag.

"Meteen in bed stoppen, Lia. De kneuzingen vallen mee. Een lichte hersenschudding, zoals ik al vermoedde. Veel rusten en de kamer donker houden." Ongevraagd ging de dokter zitten. Die was duidelijk niet van plan meteen te vertrekken.

"Kan ik hier beneden blijven liggen?" Bert keek zijn moeder smekend aan. Ze knikte en stoof weer naar boven om een deken te halen. Nadat ze hem stevig had ingestopt, maakte ze een kop thee voor de dokter. Bert voelde perfect aan wat er in de lucht hing. Moeder maakte een onzekere indruk. Ze probeerde een flauwe glimlach, maar de dokter leek niet onder de indruk. Met neergeslagen ogen ging ze tegenover de arts zitten. Ze aarzelde en wierp een smekende blik naar Bert.

"Dokter, ik wil niet dat u iets onderneemt."

"Jullie gaan eraan kapot, Lia."

"Ik wil eerst weten wat er gebeurd is."

"Is dat niet duidelijk genoeg? Huub is de controle over zichzelf kwijt. Als ik niet ingrijp, eindigt dit in een catastrofe. Je mag van mij niet verwachten dat ik vanaf de zijlijn toekijk. Het is mijn verdomde plicht om in te grijpen."

"Het is mijn wedstrijd. Afhankelijk van Huubs uitleg neem ik een besluit. Vanavond nog. Beloofd. U hoort er morgen van. Als hij de verkeerde antwoorden geeft…"

"Hoeveel laatste kansen wil je hem nog geven, Lia? Wil je wachten tot hij in een delirium tremens de hele boel kort en klein slaat? En jullie erbij? Hebben jullie wapens in huis?"

"Ik kan toch moeilijk elk keukenmes wegstoppen?"

Bert sloot zijn ogen en zakte weg in een moedeloos zwart. Er zou weer niets veranderen. Maar voor hem wel. Vanbinnen was er iets doodgegaan.

Nadat Els van school thuiskwam, kreeg moeder snel de juiste antwoorden. Zonder argwaan had ze haar dochter laten meegaan met die dronkaard.

Zodra vader zich vertoonde trok ze van leer. Als een woeste tijger dreigde ze hem te verscheuren. Als een hyena draaide ze om haar prooi. Zou ze nu niet meer loslaten?

Vader kon amper op zijn benen staan.

"Nu ben je te ver gegaan, Huub. Je bent de achterlijkste aap die ik ken. Als je niet ziek was, dan liet ik je opsluiten in de gevangenis."

"Ik zit al gevangen. Jij bent de cipier. Jij hebt de sleutels weggegooid. Ik zit gevangen in dit huwelijk. De kinderen hangen als metalen bollen aan mijn benen." Hij keek misprijzend naar zijn twee oudste kinderen. "Pestjochies. Ondankbare honden, dat zijn jullie. Ik sloof me uit voor jullie en als ik dan eens iets vraag..."

"Jij slooft je uit in het café. Niet de drank maakt jou tot wat je nu bent, het moet altijd al in je gezeten hebben. De drank is jouw alibi om te zijn zoals je eigenlijk, diep in je binnenste bent. De drank is jouw masker, judas."

"Ik? Ik een judas?"

"Kinderen horen niet thuis in een gevangenis van terreur. Ik kan het wel aan, alleen. De kinderen kunnen niet tussen tralies leven."

Vader liet zich op een keukenstoel neerploffen. Hij keek zijn vrouw ongelovig aan.

Leen zat ineengedoken op Els' schoot. Bang hield ze haar

armpjes omhoog naar moeder. Moeder nam haar op en drukte een kus op haar wang.

"Hier zijn de autosleutels, Els. Help Bert even overeind en laat hem de auto starten. De motor is nog warm. Als het lukt, ga dan met Leen via de voordeur naar buiten en wacht in de auto tot ik kom."

"Wat ga je doen?"

"Geen vragen. Doe nu maar wat ik je zeg. Zolang ik jullie moeder ben, zullen jullie nooit meer een reclameblad in de bus stoppen. Nooit meer!"

Versuft keek Huub haar aan. Elk verzet in hem leek gebroken. Of was het maar de stilte voor de storm?

"Je zult moeten kiezen, Huub. Wij of de drank. Opname in Sint-Johannes of echtscheiding. De beslissing ligt bij jou."

"Wil je het zo spelen? Ik begrijp het niet. We waren net zo goed bezig."

Moeders woorden leken niet meer tot hem door te dringen. De kinderen bleven aarzelend bij de deur staan.

Moeder nam de telefoon en belde de politie.

Vader keek haar donker aan.

"Ga je mij laten opsluiten? Dan zal ik ze een reden geven om mij op te sluiten ook. Ik ga niet voor niets de nor in." Hij sprong overeind, greep een aardappelmesje en haalde uit.

Hij wankelde. Zijn reacties waren traag. Moeder kon hem moeiteloos ontwijken. Ze duwde vader opzij en gebaarde wild naar de kinderen dat ze moesten opschieten. Bert was al weg. Hij trok Leen met zich mee. Els bleef aarzelend achter. Kon ze moeder alleen laten?

"Ik ga bij je weg. Ik vlucht voor het monster dat de drank in je losmaakt. Ik moet vluchten met de kinderen, want wij hebben alleen elkaar. Meer rest ons niet."

"Als je dat doet, Lia, maak ik mezelf van kant."

"Doe het, als je nog een vaderhart hebt. En deze keer meen ik elke letter van mijn verwijten. Je bent een zwijn. Meer kan ik niet zeggen." Ze duwde Els voor zich uit en sloot de deur aan de buitenkant af.

Bert had pakken onbezorgde reclamebladen uit de auto gegooid. Gelukkig was het onding gestart. Moeder ging achter het stuur zitten.

"Uit mijn auto!"

Vader greep moeder bij het haar en wilde haar naar buiten sleuren. Moeder trok zo hard ze kon aan het portier. Vader tastte naar de autosleutels. Bert wrong aan vaders polsen.

"Laat me los, Huub." Moeder zette de auto in zijn achteruit en gaf gas. Huub bleef haar vasthouden en liep langs de auto mee de oprit af.

"Je denkt toch niet dat je zo makkelijk van me afkomt? Vergeet het maar! Uit mijn auto, allemaal."

Els en Leen krijsten. Berts pogingen om vader af te schudden haalden niets uit. Als een opgehitste bloedhond beet vader zich vast in zijn prooi. Alleen de veiligheidsgordel hield moeder in de auto. Haar bovenlichaam hing half uit het voertuig. Ze bleef het stuur verkrampt omklemmen. Met kleine stukjes reed ze achteruit. Vader liep telkens een paar stappen mee. De worsteling bleef duren. Bert kreeg in het geharrewar een stoot tegen zijn hoofd. Wild van de pijn beet hij zijn vader uit alle kracht in de hand. Geschrokken liet vader los.

"Ik sla al je tanden uit je bek! Die auto uit."

"Gas geven mama, desnoods rijd je over zijn tenen." Ze gaf plankgas en trok het portier dicht. Vader schopte een deuk in het koetswerk.

"Alle deuren op slot, jongens!"

"Als ik niet met die auto rijd, dan zal niemand ermee rijden!" brieste vader. Hij sloeg met zijn vuist tegen de voorruit. Een stompe knal weerklonk. Er gebeurde niets. Vader gaf zich niet gewonnen en bonkte met beide vuisten tegen de voorruit. Een ster trok lijnen in de voorruit. Vader struikelde en viel voorover.

"Hou jullie vast!" Moeder gooide zonder kijken de auto om en reed weg. Ze stoof de straat uit. Waarheen maakte niets uit.

"Gaat het, Bert?"

"Ga aan de kant staan, snel." Met wurgende geluiden moest Bert kotsen. Hij voelde zich ellendig. Barstende hoofdpijn maakte hem duizelig. Bij het braken leek het of iemand met een hamer tegen zijn hoofd ramde. Moeder reikte hem een zakdoek aan.

"Zullen we naar oma rijden?" vroeg Leen.

"Dat kan niet. Oma laat ons niet binnen," antwoordde Els.

"Kunnen we niet naar je werk, mama?"

"Mijn baas zal me zien aankomen."

"En oom Dick?"

"Die is al even erg als oma. Hij wil met ons niets meer te maken hebben. Volgens hem deug ik niet. Het is allemaal mijn schuld dat papa drinkt. Laat Bert op de achterbank liggen, meisjes. Jullie komen maar vooraan zitten."

"Leuk! Ik mag naast mamsie." Door haar tranen heen keek Leen al een stuk opgewekter. Als een radeloos bang vogeltje had ze het tafereel gevolgd. Behalve huilen en krijsen stond haar niets anders ter beschikking om haar boosheid en angst te uiten. Het snotteren was bij de woorden van moeder snel over.

"We gaan nu met Bert naar het ziekenhuis."

"Niet nodig, mama. Het gaat wel." Bert zat met zijn voorhoofd tegen de koude autoruit. Alles om hem tolde. Hij beleefde alles in slow motion. Hij kon niet meer denken. Als hij al iets dacht, was het pijn. Zelfs aan die klootzak dacht hij niet. Hij zweette en hij bibberde tegelijkertijd. Doelloos reed moeder rond. In een rustige straat van een dure wijk parkeerde ze. Iedereen bleef diep in gedachten zitten afwachten. De stilte was gespannen als een pianosnaar van glas, zo breekbaar.

"Ik kan niet geloven dat papsie zo doet. Dit is een andere meneer, denk je ook niet, mamsie?"

"Je ziet en hoort het toch zelf," beet Els haar kleine zusje toe.

"Mijn papsie is lief. Ik zou een goudvis van hem krijgen."

"Leen, kijk eens goed naar Bert en vergeet het nooit meer: papa is de smerigste klootzak die je je maar kunt indenken."

"Let op je taal, Els!"

"Wat is een klootzak, mamsie?"

"Ach meisje, stil maar."

"Wat denk je dat een klootzak is, Leen? Een smerige hufter, een ongelooflijke lul eerste klas, een onmens, een gruwel, een stoute meneer die kindjes kwaad doet. Zo duidelijk genoeg? Vertel dat maar eens aan je juf."

"Els, houd ermee op."

"Ik doe altijd wat papsie vraagt, jullie niet dan? Papsie is nooit boos op me."

"Oh nee? En die keer dat hij je nieuwe pop kapot trapte?"

"Dat ging per ongeluk."

"Per ongeluk? Ze was in wel duizend stukken."

"Laat maar, Els. Je moet het beeld dat ze van haar vader heeft niet kapotmaken."

"Het is wel een vals beeld, mama. Alles aan die man is vals."

"Je brengt haar in de war."

"Het is juist goed dat ze dit meemaakt. Later zou ze er niets van begrijpen."

"Denk je? "Moeder keek haar oudste dochter vertwijfeld aan. "Je hebt gelijk, denk ik," zei ze toen zacht. "Misschien moest ik maar eens wat meer naar mijn volwassen kinderen luisteren." Ze glimlachte flauwtjes en streelde door Leentjes haar. "Jij moet slapen, Leen. Leg je hoofd maar tegen Els aan."

"Ik ben bang, mamsie. Ik ben zo bang."

"Je bent hier veilig. Slaap nu maar."

"Ik heb het koud."

"Ik laat de motor even lopen en ik zet de verwarming aan."

"Ik heb de poes vanavond geen melk gegeven," sakkerde Els.

## Opname

De motor sloeg meteen aan.

"Wat, eh, wat gebeurt er?"

"We rijden naar huis, Els. Laat Leen wat tegen je aan liggen."

De hele nacht hadden moeder en de kinderen in de auto gezeten. Bert had liggen ijlen. Met een gebroken rug en pijnlijke ribben was moeder wakker geschrokken. Ze had Berts hand vastgehouden. Het was al licht. Ze moesten naar huis. Bert had haar moedig toegeknikt. Zijn hele lichaam deed pijn, zijn hoofd bonsde. De anderen sliepen. Els was tegen het portier weggezakt. Leen had een duim in haar mond. Als er spanningen waren in het gezin, duimde ze. Bert probeerde rustiger te ademen. Hij wilde nog maar één ding. Zo snel mogelijk in een bed liggen. Zou de politie iets ondernomen hebben?

"Mijn arm doet pijn. Er zit geen leven meer in."

"Leg Leen dan anders, dat er bloed kan doorstromen."

Toen ze de straat indraaiden, zagen ze van ver de politieauto die voor de deur stond. Dat was een hele opluchting. Ze hoefden niet als een dief binnen te sluipen om uit te zoeken of Huub al sliep of waar hij was. Op de oprit stond de auto van Huubs moeder. Nu zou je de poppen aan het dansen hebben.

"Oma is er ook," merkte Bert voorzichtig op. Hij kon amper uit zijn ogen kijken van de hoofdpijn.

"Dat belooft wat," knikte moeder grimmig.

Langs de achterdeur kwamen ze binnen. Iemand had koffiegezet. Ze hoorden gedempte stemmen in de woonkamer. Huub was in gesprek met een agent. Hij lachte. De agent lachte vrolijk mee.

Moeder gaf de kinderen een sein te wachten in de gang. Ze

haalde diep adem en liep de kamer in. De deur liet ze op een kier.

"Ha, daar heb je Lia. Waar zijn de kinderen?"

Wat klonk vader opgewekt! Bert loerde voorzichtig om het hoekje. Hij wist niet wat hij zag. Vader droeg een wit hemd en een das. Hij had zich keurig geschoren. Hij zag er op zijn paasbest uit.

"Ik heb voor de heren maar vast koffie gezet. Jij ook een kopje, Lia?"

Die schoft speelde in het bijzijn van de agenten en oma de onschuld. Er leek geen vuiltje aan de lucht. Bert herkende dat triomfantelijke in zijn blik.

Moeder slikte. Haar handen verkrampten zich tot gebalde vuisten.

Berts hart sloeg een slag over. Vader had iedereen ingepakt en niemand die er wat van merkte.

"Dag mevrouw, wij kregen telefoon van u. Doordat er een overval op een geldautomaat was, waren we hier pas een uurtje later. Wij hebben de collega's afgelost die met de nachtploeg stonden. Het schijnt een hectische nacht geweest te zijn. Ik moet zeggen, uw man heeft ons goed ontvangen. Kunt u eens precies zeggen wat de klacht was?" De man hield een notaboekje en een pen in de aanslag.

"Een schande, dat is het! De hele nacht aan de zwier met die kinderen. Ben jij een moeder? Schrijf dat maar op, meneer," trok oma tegen moeder van leer.

"Waar zijn mijn kinderen?" vroeg vader. Hij legde de nadruk op 'mijn'.

Wat een schijnvertoning! De zelfgenoegzaamheid droop van vaders gezicht af. Met behulp van zijn moeder slaagde hij erin de hele zaak om te draaien. Hij was broodnuchter. Bert walgde van de hele vertoning.

"Ik kan verdragen dat je uitgaat, Lia, maar laat dan tenminste de kinderen bij mij zodat ze op tijd naar bed kunnen. Zeg nu zelf, een hele nacht in cafés rondhangen met je drie kinderen is nu ook niet bepaald..."

"Heb jij de heren al op de hoogte gebracht van jouw drankprobleem? En van je geweldplegingen? En van het feit dat je geen euro afgaf voor het huishoudgeld? En dat je op elke beweging van mij of de kinderen commentaar had? En dat je stiekem de bankrekening en de spaarboekjes van de kinderen leegmaakte? En hoe je Bert hebt toegetakeld?"

"Gelogen! Allemaal gelogen! Je moet niet proberen je hieruit te lullen. Kom nou, Lia."

"Waarom weten wij hier niets van?" fulmineerde oma.

"Omdat ik uit eeuwige schaamte alles over je zoon tegen je verzweeg. Hij heeft alles altijd goed verstopt. En jij was zo blind als een mol. Jij zag alleen wat je wilde zien."

"En nu ga je hem zwartmaken waar de politie bij is? Nu ga je de vuile was buiten hangen? Vind je het leuk onze goede naam door de modder te sleuren? Wij zijn een onberispelijke familie. Altijd geweest! Je bekladt ons."

"Dat doet je zoon zelf wel. De reputatie van de familie gaat voor op het welzijn van je kleinkinderen? Agent, doe uw werk en bel dokter Leplae."

"Zie je nu, moeder, wat ze van plan zijn met mij? Mij zomaar laten opnemen. Dat is haar uitgekiende plannetje. Goed, ik ga naar het ziekenhuis. Ze denken dat ik gek ben," huichelde vader.

"Opname in de psychiatrie? Hoe lang moet je daar blijven?"

"Niet zo lang, moeder. Ik ben helemaal niet gek. En verslaafd, zoals die sloerie daar beweert, nog veel minder. Ze zullen me wel observeren. Ik ben snel terug thuis. Ik wil nu de kinderen zien. Mijn kinderen."

De vertoning werd potsierlijk. Hij had zichzelf gepromoveerd tot zelfingenomen luchtzak, zonder enig respect voor zijn huisgenoten.

"Dat zal niet gaan, Huub. Niet na wat je hen hebt aangedaan. Zij hebben al afscheid van jou genomen."

Bert en Els keken elkaar aan. Ze wisten dat moeder gelijk had. Els legde beschermend haar arm rond Leen.

"Na wat ik hen heb aangedaan? Mag ik jou eraan herinneren dat jij degene bent die de hele nacht met hen is weggebleven? Ik maak me zorgen om Bert."

Bert voelde de woede door zijn lijf razen. Zorgen? Om hem? De klootzak liet dat wel op een heel vreemde manier merken.

"Geef maar toe dat er tussen de dronken buien door bij jou een vaag schuldgevoel de kop opsteekt. Hoe meer last je krijgt van schuldgevoel, hoe harder je om je heen schopt. Schuld-gevoel drink je niet onder tafel. Ook jij niet, Huub."

"Als zich hier iemand schuldig moet voelen ben jij het wel, stom kutwijf. Waarover zou ik me schuldig moeten voelen?"

Bert beet op zijn lip. Moeder mocht vader geen ruimte meer geven. Anders praatte hij zich eruit. Het was duidelijk dat hij twijfel wilde zaaien met valse beschuldigingen. Oma zou de buurt en het dorp wel overtuigen van Huubs onschuld. Zij zou er alles aan doen om de reputatie van de gerespecteerde familie hoog te houden. Met plezier offerde ze Lia op. En de kinderen erbij. Als haar zoon maar ongeschonden uit de strijd kwam.

"Agenten, zullen we maar gaan? U noteert wel in het proces-verbaal dat mijn vrouw weigerde mij afscheid te laten nemen van de kinderen en dat ik vrijwillig met u meekom. Moeder, je ziet dat ik mij op eigen initiatief laat opnemen in Sint-Johannes. Ik ben gauw terug. Agent, wilt u zo goed zijn mij te helpen met mijn koffer? Ik ga voor een paar weken naar een hotel."

Bert schoof weg van de deur en beduidde zijn zussen naar de garage te gaan. Ze mochten hen nu niet zien. Vader zou nog meer spektakel maken. En oma...

Vader zette zijn gezin, zijn vrouw en kinderen mooi voor schut. Hij liet hen achter met een berg problemen, terwijl hij vrolijk fluitend de politieauto instapte. Als het hem uitkwam, kon hij zo verdomd geraffineerd en voorkomend zijn.

De onmacht die Bert voelde was nooit zo groot als op het ogenblik dat de politieauto wegreed. Hij wist dat ze een boemerang hadden weggegooid. Hij wist ook dat die met grotere kracht terugkeerde naar de werper.

Moeder zag er vreselijk uit. Ze liet haar schouders hangen. Haar ogen waren hol en leeg. Bert wilde dat hij haar kon helpen, maar hij wist niet meer hoe. Hij had behoefte aan een warm bed en rust.

Morgen, straks, later, zouden ze wel weer verder kijken.

Ook de meisjes hoefden die dag niet naar school. Zelfs Leen vroeg niet naar haar vader. Ook zij voelde vast aan dat deze nacht scheuren had gemaakt in het gezin.

De volgende dagen wilde moeder geen mensen zien. Het leek of ze nu eindelijk helemaal gebroken was.

# De pijn van een moeder

De telefoon rinkelde.

"Met Lia."

"U spreekt met dokter Rellemans, de psychiater van Huub."

"Hoe maakt Huub het?"

"Hij wordt intensief begeleid. Hij maakt het, de omstandigheden in acht genomen, redelijk goed. Hij heeft de afgelopen twee weken gemotiveerd meegewerkt en hij verdiept zich in zijn problematiek. Hij mist jullie heel erg. U mag hem helaas nog niet komen bezoeken."

"Is hij beter? Zal hij genezen?"

"Genezen? Wie zal het zeggen? Het gaat in elk geval de goede kant op met hem. Dat kunnen we duidelijk vaststellen."

"Kunt u garanderen dat hij niet meer agressief wordt?"

"Er wordt in de therapie aan gewerkt, mevrouw. Er zit weinig agressie in uw echtgenoot, mevrouw. Hij handelt erg beheerst en doordacht. Ik wil over de telefoon niet in detail treden. Om iets definitiefs te zeggen is het nog veel te vroeg. Ik wil geen voorbarige conclusies trekken. Het spijt me."

"U kunt me niet garanderen dat bij zijn thuiskomst zijn stoppen niet meer doorslaan?"

"Op mensen zit geen garantie, mevrouw. Dat zal ook van u en zijn omgeving afhangen. Als u wat begrip opbrengt."

"Begrip? Begrip? Maakt u een grapje? Als er iemand begrip heeft getoond, dan ben ik het wel. Waarom denkt u dat ik na vijftien jaar huwelijk nog steeds met hem getrouwd ben? Bent u een dokter of een kwakzalver?"

Moeder kon die psychiater wel vermoorden. Suggereren dat zij en de kinderen de oorzaak waren van Huubs drankzucht. Als ze het had gekund, sleurde ze hem door de telefoondraad.

"Let op uw woorden, mevrouw."

"Excuseer, dokter. Het was maar bij wijze van spreken. Neem me niet kwalijk."

"Waarvoor ik u eigenlijk bel: onze administratie heeft uw handtekening nodig op een paar formulieren. Kunt u in de loop van de week eens langskomen?"

"Waarmee heeft het te maken?"

"Met geld. Wij staan bekend voor onze voortreffelijke dienstverlening. Wij gaan voor een inkomen zorgen."

"Dat is vriendelijk. Dat zou erg welkom zijn. Wij kunnen het geld goed gebruiken."

"Ik ben bang dat u mij verkeerd begrijpt. Huub is met ziekteverlof. Voor hem kan ik een inkomen regelen."

"Dus u bedoelt?"

"Wij verzorgen onze patiënten. Voor u kunnen we helaas niets doen, mevrouw. Wend u zich tot de sociale dienst van de gemeente. Als u wilt dat uw man snel herstelt, heeft u weinig keuze. Zijn genezing hangt in grote mate van het thuisfront af. Komt u nu maar die formulieren ondertekenen."

"Dus de kinderen en ik, wij krijgen niets?"

"Hij heeft recht op ziektevergoeding. Wij lossen de medische aspecten van het probleem op. Voor de juridische kant van de zaak moet u ergens anders aankloppen. Dat ligt buiten onze bevoegdheid. Hem kunnen we helpen. Voor de opvang en de begeleiding van de gezinnen hebben wij helaas geen middelen. Huub heeft het zwaar, dus laten we ons daar nu maar op concentreren."

"Huub heeft het zwaar? En wat dacht u van mij en de kinderen? Hoe moeten wij rondkomen? Wij zitten al twee weken zonder geld."

"U bent niet opgenomen, mevrouw."

"Ik heb levenslang. En ik kan hem niet zien?"

"In dit stadium van zijn ziekte is dat helaas onmogelijk. Uitgesloten. Hij zal sneller terug thuis zijn dan u denkt. Als u nu een beetje meewerkt."

Moeder wist dat ze weinig keuze had. Als ze haar medewerking weigerde, kon haar dat nog zwaar aangerekend worden. Die Rellemans liet haar mooi in de kou staan.

"U mag mij morgen verwachten, dokter."

"Prima, u hoeft mij niet te bedanken." Een droge klik sloot het gesprek af.

Sprakeloos bleef moeder met de hoorn in de hand staan. Voor hem werd alles geregeld en zij kon zelf achter alles aan gaan. Als je maar genoeg problemen veroorzaakte, dan werd een hele machine voor je in werking gezet. Zij kende de weg niet. Behalve de huisdokter was er niemand die zich om het gezin bekommerde. Moedeloos haakte ze in. Hulp aan slachtoffers had duidelijk een andere betekenis dan wat ze door dik betaalde politici hoorde uitleggen op de televisie. Niemand bekommerde zich om haar en de kinderen. Die heren ministers zouden nu eindelijk eens mogen beginnen met het verbieden van een harddrug als alcohol. Zich opwinden over een joint, maar ondertussen alle moeders en kinderen die leefden onder de terreur van een alcoholist mooi in de kou laten staan.

Hoe pakken we dit aan, vroeg ze zich af. Waar moet ik beginnen om uit dit moeras weg te komen? Hoe kom ik aan geld? Hij zou snel terug zijn. Hoe snel?

De bel ging.

Uitgeblust sjokte Lia door de hal. Een keurig uitgedoste man stond voor de voordeur. Lia kende hem niet. Bepaald vriendelijk zag hij er niet uit. Ongevraagd stapte hij binnen.

"Is uw man thuis?"

"Nee."

96

"Verwacht u hem, laat ons zeggen, tussen dit en een paar uur thuis?"

"Dat zit er niet in."

"Het zit zo: ik ben van het distributiebedrijf waarvoor uw man werkt. Er zijn een aantal telefoontjes binnengekomen van mensen die de afgelopen weken geen reclameblad hebben gekregen. Ik kwam eens poolshoogte nemen."

"Ja, dat kan wel kloppen. In de garage liggen nog stapels onbezorgde bladen."

"Wanneer is hij van plan die van deze week op de bus te doen? Het is morgen zaterdag. Alle mensen gaan winkelen! Onze adverteerders zullen niet blij zijn. Dit kost me handenvol geld. Het gaat processen regenen."

"Uw adverteerders kunnen mij gestolen worden."

"Waar is uw man? Ik wil hem meteen spreken."

"Dat zal moeilijk gaan. Zelfs ik krijg hem niet te zien. Ik kan niets voor u doen. Dag, meneer."

"Kunt u er niet voor zorgen dat ze alsnog op de bus worden gedaan?"

"Alleen?"

"Heeft u geen kinderen?"

"U dacht toch niet dat Bert of Els nog een poot willen uitsteken naar die rotblaadjes van u. Die stapels papier zijn het begin van al onze ellende!"

"Goed. Dan niet. Ik stuur twee mensen om alles op te halen en te posten. U begrijpt dat u van mij een rekening mag verwachten? Hoe moet het dan volgende week? Gaat hij dan werken?"

"Ik zou er niet op rekenen als ik u was. Steek die folders in je reet!" Moeder kreeg veel zin om de man aan zijn stropdas naar buiten te sleuren.

"Dat kan zo maar niet. Ik heb een contract met hem. Ik heb

97

voorschotten uitbetaald en kosten voor hem gemaakt. Desnoods stuur ik een deurwaarder op hem af. Waar is hij?"

"Hij is opgenomen in het ziekenhuis."

"En hij laat ons niets weten! Waar verblijft hij?"

"U wil hem toch zeker niet bezoeken?"

"Ik niet, maar het incassobureau zal hem wel vinden. Desnoods halen ze alles hier weg. Ik zal mijn centen krijgen. Om het even hoe."

"Dag, meneer." Moeder opende ostentatief de voordeur en bleef wachten. Ze keek de man indringend aan. Met duidelijke tegenzin verliet hij het huis. Arrogant draaide hij zich om en met zijn wijsvinger vooruitgestoken, zei hij: "Hierbij laat ik het niet, u hoort nog van mij! Reken maar!"

De brief die moeder uit de brievenbus haalde, maakte haar niet bepaald vrolijker. Ze herkende in één oogopslag het embleem van de bank. Ze had het bedrag voor de hypotheek niet bij elkaar gekregen. Ze kon zo vermoeden waar de brief over ging. Ze kende zelfs de ambtelijke taal die de dreigementen moesten verhullen.

Ze liep de voordeur door, sloot de deur en zette de brief ongeopend op de schoorsteen. Bankdirecteurs knikten vriendelijk en voorkomend zolang er op tijd centen op tafel kwamen. Als aan het einde van de maand de cijfertjes niet langer klopten, spraken ze andere taal. Wie geld had, telde mee. Hoe kwam ze snel aan geld? Bij wie kon ze terecht? Als ze ook nog haar huis verloor, dan was het einde zoek. Zou de cafébaas haar een voorschot willen betalen? Ach, een voorschot zette ook geen zoden aan de dijk.

Twee uur later werd er opnieuw gebeld. Van achter het gordijn zag moeder een verzorgde en goedgeklede man bij de voordeur staan. Hij was wat kalend en droeg een gouden ketting. Hij belde nog eens aan. Hij drukte lang op de bel.

Moeder twijfelde of ze wel zou opendoen. Zou Huubs baas meteen iemand op haar afsturen om geld van haar te eisen? Die liet er ook geen gras over groeien. Was het misschien iemand van de sociale dienst van de gemeente die kwam informeren of hij iets voor het gezin kon doen?

Plots hoorde ze een stem.

"Ik weet dat u thuis bent! Ik zag het gordijn bewegen. U bent er. Doe open!"

Lia wist niet wat ze moest doen. Ze besloot de deur dicht te laten. Iemand met een aktetas voor de deur bracht problemen met zich mee. Instinctief voelde ze dat ze de wereld zo veel mogelijk moest buitensluiten. Ze hoorde voetstappen. Ze haastte zich naar de achterdeur om de sleutel om te draaien.

"Laat me binnen! Ik kom alleen een brief afgeven, meer niet."

Moeder hoorde hem aan de deur morrelen. Het leek of hij tegen de deur bonkte. Onbeweeglijk bleef ze staan luisteren. Een brief? Wat kon dat betekenen?

"Oké, als u mij niet binnenlaat, kom ik terug met de politie," klonk het van buiten. "Het kan zo geregeld zijn. Als u niet meewerkt, dan handel ik de zaak maar kwaadschiks af. Mij om het even."

De man liep langs de zijgevel de oprit af. Moeder bespiedde hem. Hij duwde een bruine envelop in de brievenbus. Hij nam een GSM uit zijn binnenzak en voerde op het voetpad een gesprek. Hij ondersteunde zijn uitleg met brede zwaaien die hij met de aktetas maakte. Hij keek een paar keer in Lia's richting. Hij voelde haar aanwezigheid. Hij stapte in een dure wagen en reed weg.

Moeder haastte zich naar de brievenbus. Ze viste de brief door de gleuf uit de bus. Hij was afkomstig van een advocatenkantoor. Ze scheurde de omslag open en vouwde de brief open.

Halfluid las ze voor zich uit.

"Wel heb je van je leven! Dat kreng schaamt zich ook nergens voor."

De brief bevatte kopieën van schuldbekentenissen die Huub had ondertekend bij zijn moeder om geld van haar te kunnen lenen. Dat was het toppunt! Huub leende geld en zijn moeder eiste het van Lia terug. De advocaat zou alle beschikbare middelen inzetten om het geld terug te vorderen. Binnen een maand.

Verslagen ging moeder in de stoel zitten. Hier zat Huub achter. Dat wist ze wel zeker. Dit was zijn plan. Hij het plan, zijn moeder de centen en de beste advocaat van de stad. Van het land als het moest. Huubs genezing verliep voorspoedig.

"Huub, verdomme! Wat doe je me aan? Wat doe je de kinderen aan?"

Ze huilde. Eerst stilletjes, en toen lang en ontroostbaar, tot de kinderen thuiskwamen.

De telefoonmaatschappij had de lijn afgesloten. Huubs nieuwe baas had een deurwaarder gestuurd om op te nemen welke meubels er zich in huis bevonden. Moeder had een hoogoplopende discussie gehad met de dokter van de instelling waarin Huub werd verzorgd. Ze had de dokter een hypocriet genoemd en hem verrot gescholden. De situatie werd uitzichtloos.

"Lia, het is de laatste weken wat minder druk geworden in de zaak. Het cafébezoek loopt terug. Ik weet niet of ik volgende maand nog werk voor je heb. Als ik jou was dan keek ik uit naar een ander baantje. Ik weet niet wat er aan je scheelt, maar de klanten blijven hier weg."

Moeder wist heel goed wat eraan scheelde. Ze was de laatste tijd niet meer zo meegaand. Ze liet niet meer toe dat ze betast werd. Bij conversaties met de klanten staarde ze afwezig voor zich uit. Ze kon het niet meer opbrengen een vriendelijk masker op te zetten. Ze kon zelfs geen vriendelijkheid meer voorwenden.

"Je gaat mij en mijn kinderen toch niet zonder eten zetten? Je weet dat ik diep in de shit zit. Jij bent de enige van wie we nog wat steun krijgen."

De cafébaas gaf vaak wat eten mee aan Lia. Hij maakte er geen punt van. Lia had haar werk altijd voortreffelijk gedaan en hij gunde haar een extraatje, zo af en toe. Hij hielp liever de sukkelaars dicht bij huis, dan dat hij geld stortte voor een goed doel ergens ver weg. Zo werkte zijn logica.

"Ja, sorry. Er zijn mensen..."

"Zit Huubs moeder hierachter? Zeg dat het niet waar is. Zeg het."

"Dat is het niet, maar mensen willen na hun werk een opgewekt gezicht zien."

Lia wist dat de cafébaas gelijk had. Bij ieder biertje dat ze tapte, dacht ze aan de echtgenotes die met opgewarmd eten zaten te wachten op een man die maar niet kwam opdagen. In de wazige blik van de dronken wauwelaars zag ze de angstogen van de kinderen die in de adem van hun vader een brouwerij roken. Ze had vaak genoeg geweigerd mannen te bedienen die boven hun theewater dreigden te raken.

"Het is misschien maar beter zo," zei ze, terwijl ze vocht tegen haar tranen. Ze vond het merkwaardig dat, hoe meer ze het geld nodig had, hoe minder gemotiveerd ze was om biertjes te schenken. Ze had te doen met de verscheurde families.

"Ik ben altijd tevreden geweest over je werk. Ik dacht eerst al dat je in de kassa zat toen de verdiensten terugliepen."

"Denk je dat ik een dievegge ben? Dat ik steel?"

"Ik hoor dat je geldproblemen hebt, Lia."

"Jij hoort nogal wat. Van wie dan wel?" Moeder kookte zowat.

De man zweeg en tuurde naar de grond. Lia kon zo doorzien wat er gebeurd was. Huubs moeder had zelfs hier zitten stoken. Door de cafébaas te treffen, trof ze indirect ook Lia's gezin. De heks slaagde er zelfs in mannen hun stamcafé te laten voorbijlopen.

"En? Wat maakt mij verdacht? Ik ben een dievegge. Is dat het? Is dat de reden?"

"Wind je niet zo op. Als je nu eens wat meer je best deed met de klanten."

"Met een openstaande bloes en mijn hand op hun dij? Ik ben aangenomen om te bedienen. Als ik ze ook nog van seks moet bedienen, dan ga ik wel in een bordeel zitten. Dit is geen hoerenkast. Ik neem ontslag vanaf vandaag. Betaal me het geld dat ik te goed heb en geen enkele klant zal nog naar het gezicht van een kleurloos decorstuk hoeven kijken. Zoek jij maar een lekker jong ding voor achter de tapkast."

"Zo bedoelde ik het niet, Lia. Begrijp me niet verkeerd."

"Als de inhoud van de kassa daalt, is de dienster de schuldige. Dat is me duidelijk genoeg. De voorraad en de kassa klopten altijd. Tel maar na. Dat die zogenaamd toffe klanten van jou hun poten niet kunnen thuishouden omdat ze thuis niet aan hun trekken komen, dat moet ik voor dat luizige loontje maar voor lief nemen. Ik heb nog wel zoveel zelfrespect, dat ik mezelf niet verkoop. Je wordt bedankt! Veel geluk met die zuipschuiten!"

Zo. Dat had ze mooi voor elkaar. Geen werk, geen geld, maar wel veel zelfrespect. Daar gaf je kinderen geen eten van. Wat kon ze beginnen om de schuldeisers weg te houden? Nu zou ze tenminste de tijd hebben om de kinderen wat meer aandacht te geven. Ze had ze onder de druk van de problemen wel erg verwaarloosd. Ze had wat goed te maken. De kinderen hadden meer aan haar liefde dan aan eten.

# Een nieuw begin?

Onverwacht stond vader voor de deur. Oom Dick had hem opgehaald en bracht hem vroeger dan voorzien naar huis.

Iedereen was totaal verrast. Het gesprek verstomde en de adem stokte in hun keel. Enkel Leen was blij.

"Papsie!" Leen vloog haar vader om de hals. Hij lachte en kriebelde haar buik.

"Ik heb je gemist. Ben je nu genezen, papsie?"

"Zie ik er ziek uit dan?"

Bert en Els gruwden van de gedachte dat hun vader weer thuis was. Daar ging hun herwonnen vrijheid. Daar ging de ontspannen sfeer van de afgelopen weken. De kinderen verkrampten bij het horen van zijn stem.

"Zo, Lia. Hier ben ik weer. Ik heb mijn belofte gehouden. Ik ben weer de oude. Alles wordt weer als vanouds. Even mijn moeder op de hoogte brengen van het goede nieuws. Even bellen."

Moeder hield afstand. De verrassing viel haar koud op haar dak. Niemand had haar iets laten weten. Ze had hem zelfs amper te zien gekregen in het ziekenhuis. Ze keek hem koeltjes aan. Het stoorde vader niet.

"Waar is de telefoon?" Een brede grijns op zijn gezicht. Een vos verliest zijn haren, maar niet zijn streken. Nog voor hij goed en wel binnen was, liet hij hen al voelen hoe onmisbaar hij was.

"Hoe lang ben ik nou weg geweest? Twee maanden?" Hij pakte een telefoongids en bladerde erin. Uit zijn jaszak diepte hij een GSM op. Hij grijnsde. Met zichtbaar genot toetste hij een nummer in. Leen kwam naast hem staan.

"Die zaak met de bank en met mijn baas zal ik ook maar snel

regelen zeker, voor ze hier de stoelen onder mijn kont vandaan komen weghalen."

Moeder keek oom Dick aan. Die keek verlegen naar de grond. Hij wist precies waar het zijn broer om te doen was, maar hij hield zijn mond. Hij was de getuige die precies wist hoe de vork in de steel zat, maar die uit angst voor zijn moeder de bange schijterd uithing. Hij was uit hetzelfde hout gesneden als zijn broer. Hun moeder maakte hen van haar afhankelijk met geld en drank. Als Huub tegen de alcohol vocht, stond zij stiekem met de jeneverfles klaar.

"Die zaak met je moeder heb je vast al opgelost, Huub."

"Was zo voor elkaar, Lia. Je kent me toch."

"Ben je nu genezen?"

"Ik ben in elk geval ontslagen uit de ontwenningskliniek."

"Als dokter Rellemans hem naar huis stuurt, dan zal hij wel genezen zijn, denk je ook niet, Lia?" kwam oom Dick schijnheilig tussenbeide. Daarmee was voor hem de kous af.

"Hoewel mijn psychiater zijn hand er niet voor in het vuur kan steken dat ik niet terugval en iedereen hier in huis..."

Vader keek naar Bert en Els. Ze maakten geen aanstalten om hun vader te verwelkomen. Als blikken konden doden...

"Hé, jongens, ik heb goed nieuws! Dokter Rellemans heeft ervoor gezorgd dat ik nooit meer hoef te werken. Nooit meer. Gedaan met gezeur van bemoeizieke bazen. Ik ben mijn eigen baas. Wat zeg je daarvan? Ik ben voortaan altijd thuis."

Je hebt controle over alles, dacht Bert. Geld geeft je macht. Macht om ons onder controle te houden, macht om kritiek te geven, macht om ons te kraken. Je thuiskomst veroorzaakt meer problemen dan ze oplost. Welkom!

De gedachte dat hij stiekem en geluidloos door het huis zou sluipen en elke beweging die ze zouden maken zou volgen en voorzien van passende kritiek, maakte Els onrustig. Veel zou hij niet zeggen, maar zijn afkeuring zou ze telkens van zijn grijns kunnen aflezen. Geen ondertiteling nodig. Ze haatte het besef dat hij er opnieuw voor altijd zou zijn. Ze deed weinig moeite om het te verbergen. Kon deze vent niet gewoon doodvallen? Nee dus. Voor klootzakken bestond er blijkbaar een speciale engelbewaarder.

"Neem van mij aan, Lia, gedaan met het geweld. Gedaan met de drank. Ik zal jou noch de kinderen met een vinger aanraken. Daar kun je van op aan. Deze keer maak ik mijn beloftes waar. Bert, haal frieten voor de hele bende. Met lekker veel satés en frikandellen. Hier is geld. Els, help Bert bij het dragen."

"Mmm, lekker!" smakte Leen.

De oudste kinderen stonden op.

Vader diepte een bankbiljet uit zijn portefeuille op. Hij bulkte van het geld. Ostentatief hield hij de portefeuille open.

Bert keek weg.

Els voelde een leegte die niemand kon opvullen. Ze had te lang gewacht om onder een zware vrachtwagen te springen. Ze wist dat haar vader elke vezel vrolijkheid uit haar lichaam zou knijpen en het op de koop toe nog leuk zou vinden ook. Ze wilde liever dood zijn. Gelukkig dood. Tranen brandden diep in haar.

"Ik ga maar weer, Huub."

"Bedankt voor het ophalen, Dick. Zeg tegen moeder dat ik morgen langskom. Ze is bezorgd. Ze zal me wel gemist hebben. Zij wel."

Dick ging via de achterdeur weg. Het werd stil.

"Ik maak mijn beloftes altijd waar, Lia."

"Wat betekent dat, Huub? Dat je je therapeuten voor schut zet door de voorbeeldige patiënt uit te hangen? Je bent nog niet thuis of je bent al subtiel overgeschakeld van lichamelijke mishandeling naar psychische spitsvondigheden."

"Je bent slimmer dan ik dacht, Lia. Ik heb mijn zaakjes mooi voor elkaar. Laat ons vandaag geen ruziemaken, alsjeblieft. Ik heb later nog tijd genoeg. Ik moet toegeven: je leert een hoop van die therapeuten. Pak jij mijn koffer uit, ik heb nog een karweitje te doen."

Vader verdween en liep naar de garage. Hij deed of er niets aan de hand was.

Na een kwartiertje waren Bert en Els terug thuis en zat de hele familie aan de keukentafel.

Niemand zei iets. De sfeer bleef gespannen. De kinderen moesten even wennen en wisten zich geen houding te geven.

"Ga straks maar een eindje fietsen," stelde vader voor, "ik wil even met jullie moeder praten. Over ernstige zaken. Waarom niemand, behalve oma, mij is komen bezoeken, bijvoorbeeld. Mooie familie."

De keukendeur vloog met een luide knal open. Els stormde de woonkamer binnen. Ze keek haar vader vernietigend aan. Bert volgde haar op de hielen.

"Heb jij dat gedaan?" gilde ze. Haar hoofd bonsde.

"Mensen met geldproblemen kunnen zich..."

"Jij bent nog erger dan een beest! Klootzak!" Bert hield de poes bij haar nekvel vast. Achter hem liep een bloedspoor door de keuken. Els aaide de poes met de ingeslagen schedel...

Leen begon te huilen. Vader sprong op uit de bank. Met de rug van zijn hand sloeg hij Els in het gezicht. Ze bloedde. Ze hield haar hand onder haar neus. Tussen haar vingers door druppelde het bloed op de mat.

"Maak dat je wegkomt! Straks zit het hele tapijt onder het bloed."

Els kokhalsde en gaf over. Het braaksel gulpte op vaders broek.

"Smerig rotjong dat je bent!"

"Jij maakt me kotsmisselijk! Ga weg!"

Vader wilde opnieuw uithalen. Bert sprong beschermend tussen hen in. Met zijn vrije hand weerde hij de slag af. De dode poes bengelde in zijn linkerhand.

"Nu kun je je niet verschuilen achter de drank, Huub. Dit heb je broodnuchter en berekenend gedaan. Je bent verworden tot een cynisch, berekend en ongevoelig ijsblok. Ik heb nooit geloofd dat het kwade zo diep in je zat. Jij bent een vulkaan vol gruwel en onmenselijkheid."

"Maar wel genezen verklaard," vulde hij haar laconiek aan.

Iedereen in de kamer had het begrepen: vader was alleen teruggekomen om de overblijvenden te vernietigen. Hij had vaak genoeg tot in de gruwelijke details beschreven hoe hij elk gezinslid om zeep zou helpen. Altijd weer probeerde hij de mensen om zich heen te overladen met schuldgevoelens. Hij zou er niet voor terugdeinzen de getuigen van zijn eigen zwakheden uit te schakelen. Hij had er een duivels genoegen in geschept krantenartikelen over passionele gezinsdrama's waarin de dader zich als laatste een kogel door het hoofd joeg uit te knippen en in huis te laten rondslingeren. Bewust koos hij er de artikelen over gezinnen met drie kinderen uit. Vaak genoeg liet hij ostentatief op de onmogelijkste plaatsen scherpe keukenmessen liggen, om de vinder eraan te herinneren dat de dreiging nooit ver weg was. Wie het mes vond, werd opnieuw met zijn neus op vaders aanwezigheid gedrukt en mocht zich gelukkig prijzen dat hij het mes kon wegbergen. Voor eventjes...

Bert slingerde zijn vader de dode kat in zijn gezicht. Hij en Els liepen het huis uit. Geschokt en woedend gingen ze in de garage een potje zitten janken. Vader was terug. De oorlog was niet beëindigd, hij begon pas. Snikkend omarmden ze elkaar. Snotterend deelden ze elkaars tranen en voor het eerst weer hun gevoelens.

"Sterven van verdriet, Bert, zou dat kunnen?"

"Ik denk wel dat het kan, zusje. Sterven met een gesmoorde lach in je keel. Waarom?"

"Ik zou het liefste dood willen zijn."

"Wat zou dat dan oplossen?"

"Ik zou vrede met mezelf krijgen. Rust."

"En een eindeloos nieuw verdriet voor mama. Verdriet bestrijden met een nog groter verdriet lijkt me niets voor jou, Els."

"Als ik jou niet had. Ik voel me zo... Weet je dat ik op school zelfs de eenvoudigste vraagstukken niet meer kan oplossen?"

Hij wreef de tranen van haar wangen. Ze glimlachte. Wat moest ze beginnen zonder haar oudere broer? Dit kon ze met geen enkele vriendin delen. Die hadden allemaal gewone vaders. En gewoon was voor haar onbereikbaar.

"Weet je wat nog het ergste is, Bert? Telkens als ik in de spiegel kijk, zie ik hem. Ik lijk op vader."

"Alleen aan de buitenkant. Om zoveel rottigheid in je binnenste te kunnen opstapelen, moet je alle goedheid verzuipen in een bad van alcohol en onverdraagzaamheid."

"Soms zou ik mijn gezicht willen wegkrabben. Als ik maar in niets op hem lijk. Ik wil hem nooit meer zien."

"Dan zijn we met zijn tweeën."

In een troostende omarming gingen ze dicht tegen elkaar aan zitten. Hun gevoel van saamhorigheid werd nog versterkt. Een gemeenschappelijke vijand smeedde onverbreekbare banden. In hun moeder hadden ze een trouwe bondgenoot. Zij zou het weer het hardste te verduren krijgen.

"Ik zal altijd van je houden, Els, wat er ook gebeurt. Altijd. De liefde tussen ons kan nooit kapotgaan."

Ze besloten solidair voor elkaar of voor hun moeder op te komen. Met zijn drieën zouden ze voor tegenwicht kunnen zorgen.

"Dankjewel, dokter Rellemans," zei Bert na een poosje grimmig.

Moeder stond in de keuken. Ze nam nog een pilletje. Prozac. Dat had de dokter haar voorgeschreven om haar neerslachtige gedachten te onderdrukken. Sinds ze het nam, vond ze veel baat bij het wondermiddel. Ze kon het leven weer een beetje aan. Dacht ze. Zij en de kinderen werden levend begraven en geen mens die opkeek. Vrienden wisten allang niet meer van hun bestaan af. Als er al eens geïnformeerd werd hoe het ging, dan bedoelden ze steeds of Huub aan de beterende hand was en wanneer hij terugkwam. Hij was terug. En hoe!

Moeder nam een besluit. Het enige juiste besluit...

# Hoop?

"Zou iemand die dronken is wel beseffen wat hij anderen aan-
doet, Els? Zou die weten waar hij mee bezig is?"

"Natuurlijk wel."

"Hoe uitgekookt is zo iemand?"

"Kom nou, Bert. Vader was niet altijd stomdronken. Vaak
deed hij ons met opzet pijn. Die doortrapte eikel wist precies hoe
hij ons kon kwetsen. De slagen en de blauwe plekken waren nog
het minst erge, maar de vernederingen vergeef ik hem nooit.
Kun jij je niet herinneren hoe hij was de dag erna?"

"Stil, verlegen bijna."

"Als hij kon, kroop hij weg om ons niet onder ogen te hoeven komen. Omdat hij daar niet mee om kon gaan, dronk hij en
sloeg hij opnieuw."

Bert keek zijn zus bewonderend aan. Zou dat het geweest
zijn? Probeerde hij zijn eigen schuldgevoel de kop in te drukken
door zijn kinderen te pesten en te slaan?

"Wat vond jij het ergste dat hij je ooit heeft aangedaan,
zusje?"

Els hoefde niet lang na te denken.

"Weet je nog die zomerdag dat hij met zijn smerige werk-
handschoenen in mijn gezicht wreef nadat hij in de tuin bezig
was geweest met carboline? Ik vroeg hem gewoon iets. Of ik op
zaterdagmiddag bij een vriendin mocht gaan spelen of zo. Mijn
ogen en mijn wangen jeukten en brandden. Ik voel nog steeds
die ruwe handschoenen over mijn gezicht krassen."

"Wanneer was dat?"

"Een jaar of drie geleden. De dag erna nam hij ons mee naar
zee. Hij had met opzet de parasol thuis gelaten, zodat ik de hele

dag in de zon moest blijven. Mijn gezicht was een boei. Het zweet brandde verschrikkelijk. En hij maar treiterig grinniken. Toen al."

"Ja, nu weet ik het weer. Die keer in Cadzand."

"Ik haat zonnig weer op het strand. Mis jij hem, Bert?"

"Hem niet, maar een vader wel. De vader van vroeger."

"Die is dood."

Het klonk Bert hard in de oren. Hij had het vaak zelf gezegd, maar nu zijn zus het zo gevoelloos zei, raakte het hem dieper dan hij voor zichzelf wilde toegeven.

"Of die keer dat hij tegen mijn beste vriendin zei: 'Els mag je niet. Ze vertelde me dat je onuitstaanbaar bent, Ann.' Ik ging door de grond van schaamte."

"Ik ben ook nog niet vergeten hoe hij het ooit presteerde mijn nieuwe voetbaltruitje aan flarden te scheuren. Hij had een vod nodig bij het verven, zei hij droogweg."

"Weet je dat je hiermee een boek kunt vullen? Een boek vol horror en gruwel. Er is nog zoveel dat je amper onder woorden kunt brengen. Zo voel ik me soms, een voetbaltruitje. Helemaal verscheurd in vormeloze stukken die amper nog bij elkaar passen."

"Heb jij hem begraven, Els? Ik bedoel: definitief gecremeerd?"

"En uitgestrooid ook. Ik wil hem nooit meer zien." Ze klonk vastberaden.

Bert dacht lang na. Hij draaide kringetjes met het glas dat voor hem stond.

"Misschien is het maar beter zo."

"We redden ons prima, Bert. We zijn beter af zonder hem."

De achterdeur ging open. Leen kwam opgewekt binnenlopen. Moeder droeg een zware boodschappentas.

"Weet je wat er gebeurd is?" vroeg de kleine spruit.

"Jij kreeg een paar nieuwe schoenen."

111

"Dat ook. Wij zagen papsie."

Els wierp moeder een vernietigende blik toe. Waarom sprak ze nog met hem? Miste ze hem? Els begreep niet wat haar moeder bezielde. Ze was toch gelukkig zonder hem? Of niet?

Bert keek zijn zus aan. Haar blik werd minder streng.

"Laat je schoenen eens zien."

"Papsie was dronken."

"Vertel ons wat nieuws, Leen. Waar zijn die nieuwe schoenen?"

"En hij gooide een ruit stuk."

"Niet op letten, Leen. Dat is een vaste gewoonte van hem," zei Els sarcastisch.

"En morgen komt hij hierheen."

"Zei hij dat?"

"Ik denk het in elk geval."

"En hij was dronken, zei je? We hoeven niet bang te zijn. Hij is hier het laatste halfjaar niet meer geweest."

"Klopt dat, mama?" vroeg Els.

Moeder ontkende het niet. Ze haalde verontschuldigend haar schouders op. Ze zocht even naar een passend antwoord, maar vond er niet meteen één. Ze lachte zenuwachtig.

"Hij komt toch als wij weg zijn, mogen we hopen?"

"Maak je niet ongerust, Els. Jij zult er geen last van hebben."

"Waarom?" Tranen stonden in Els' ogen. Ze was er ondersteboven van. Besefte haar moeder wel wat ze haar aandeed? De duivel binnenhalen in het paradijs. Sinds de echtscheiding een feit was, hadden ze het niet makkelijk gehad. Ze hadden moeten vechten om de eindjes aan elkaar te knopen. Maar gelukkig waren ze. Zo gelukkig. En nu... Hoe verzon moeder het? Zou ze hem terugwillen? Els werd meegesleurd in een draaikolk van pijn.

Onzekerheid en twijfels slopen opnieuw bij haar binnen. Haar moeder zou hen toch niet verraden?

"Gewoon even praten, Els. Niets aan de hand. Je vader heeft me nodig."

"Ex-vader." Bert keek zijn moeder recht aan. Ze kon zo aflezen dat hij niet akkoord ging met deze gang van zaken. Ze herkende de verre, angstige blik in Berts ogen. Met een hoofdknikje stelde ze hem gerust. Hij hoefde zich geen zorgen te maken.

"Ik wil hem niet zien. Niemand kan me verplichten hem ooit nog te zien."

"Ik ook niet, als je dat maar weet."

Leen had haar schoenen uitgepakt en aangetrokken. Ze glom van trots. Niemand lette op haar.

Hij was terug. Hij was lang een kwade geest op afstand geweest. Nu kwam hij wel heel dichtbij.

Iedereen in huis hulde zich in stilzwijgen. Elk gezinslid was druk in de weer met zijn eigen gedachten en gevoelens. De pijnlijke herinneringen stonden hen nog te vers in het geheugen om geen pijn te voelen. Het verleden ging nooit meer over. Er werd nog amper gesproken voor het slapengaan.

De volgende ochtend belde vader aan. Zijn ogen stonden recht. De scherven waren bij elkaar geveegd.

Hij probeerde te glimlachen toen Lia opendeed. Hij had een dozijn rode rozen meegebracht. De nood moest wel erg hoog zijn. Huub wist zich geen houding te geven. Hij gaf wat onhandig de bloemen af. Hij maakte aanstalten om Lia een kus te geven, maar ze draaide zich snel van hem weg.

Ze zocht in een kast naar een vaas.

"Je bent toch gekomen," zei ze onzeker, "ga zitten."

Een beetje onwennig zocht vader een stoel uit. Er stonden er nog maar vier. De andere twee waren gesneuveld onder zijn geweld. Hij trok zijn vieze jas uit.

"Ik houd me aan mijn afspraken. Ik ben bijna van de drank af."

"Bijna? Bijna is in jouw geval niet genoeg en dat weet je."

"Hoe gaat het met je, Lia?"

"Ach, het went wel."

"Hoe gaat het met de kinderen?"

"Steeds beter. De angst is uit hun ogen verdwenen. De spanning is weg. Ze leven weer. Ik heb me gisteravond geprobeerd te herinneren hoe lang het geleden was dat de kinderen nog eens hebben gegierd van het lachen. Maar dan echt gieren tot hun buik pijn deed. Het moet minstens twee jaar geleden zijn. Voor hen moet ons huis een kerkhof geweest zijn."

"Valt er dan zoveel te lachen tegenwoordig?"

"Blijkbaar wel. De kinderen hebben een fijn gevoel voor humor. Ze hebben weer plannen en dromen."

"Denk je dat ze me ooit kunnen vergeven, Lia?"

"Dat zal van jou afhangen. Kinderen zijn soepel. Ze zijn sterker dan ik dacht."

"Zij weigeren de liefde die ik hen wil geven."

"Vind je dat vreemd? Je hebt ze steeds verworpen, Huub. Keer op keer."

"Ze gehoorzaamden me niet meer."

"Op die manier vroegen ze om de aandacht die ze van jou nooit kregen."

"Ze vervreemdden van mij."

"Zo zien ze je ook: als een vreemde. Ze voelen zich niet meer verbonden met je. Jij hebt elk contact met hen verbroken."

"Dat ontken ik. Ik vraag niet liever."

"Vroeger, Huub. Veel vroeger. Toen heb je hen buitengesloten. Je deed het niet alleen. Jij en je drank. Allebei schuldig."

"Om dat te horen, kom ik niet."

"Dan is daar de deur, Huub."

Vader herstelde zich. Hulpeloos keek hij moeder aan. Ze glimlachte. Ze was niet van plan zich op haar kop te laten zitten.

"Koffie?" Ze stond op en zette verse koffie. Goed sterk.

"Weet je dat ik de laatste weken al sloten koffie heb gedronken, Lia?"

"Gisteravond dronk je wat sterkers. Zorg dat je van de drank afkomt, Huub."

"Voor wie? Voor wat?"

"Doe het voor jezelf. Laat je opnemen en blijf er een halfjaar, tot je zeker bent. Als jij je instelling verandert, zal je leven vanzelf volgen."

"Het heeft geen zin. Wat betekent mijn leven nog?"

"Zolang jij je het slachtoffer voelt, zal er niets veranderen."

"Ik wil de kinderen zien."

"Van mij mag het best. Nu wel. Zij willen jou niet meer zien, Huub. Hoe lang is het geleden dat je de kinderen nog eens het gevoel gaf dat ze belangrijk voor je waren? Tel gerust de periode mee dat je nog bij ons was."

"Voor Leen heb ik..."

"Leen is een schat. Ons gezin telt drie kinderen."

"Bert en Els zijn zo..."

"Mondig? Zo weerbaar? Je hebt ze zelf verplicht voor zichzelf op te komen. Hun onzekerheid en verwarring heeft plaats moeten maken voor hun overlevingsdrang. Ze pikken niets meer van jou omdat je in hun ogen niets meer voorstelt." Moeder stond op en nam twee kopjes. Ze liep naar het koffiezetapparaat en schonk in. De geur van de koffie vulde de keuken.

Slurpend nam vader een slok. "Lekker!"

"Luister, Huub, als je nou eens begon met je te verontschuldigen bij Els en Bert. Dat zou een begin zijn."

"Denk je dat ze met me willen praten?"

"Eerlijk gezegd geef ik je weinig kans."

"Maar jij hebt er niets op tegen?"

"Ik niet. Zolang je niet kunt toegeven wat je hen hebt aangedaan, zie je hen nooit meer terug. Ze hebben me verteld over hun psychische hel. Ze willen geen papa met tien gezichten. In hun nieuwe leven hebben ze behoefte aan duidelijkheid. Bij mij hebben ze die."

"Het wordt allemaal anders. De harteloze tiran in mij is dood. De vader zal het winnen, geloof me. Echt waar. Ik mag Els en Bert ook graag. Waarom houden zij niet meer van mij?"

"Wanneer heb je, toen je nog bij ons was, tijd vrijgemaakt om iets leuks te gaan doen met de kinderen? De boomhut die je hen beloofd had, is er nooit gekomen. Dat vergeten kinderen niet. Jij had alleen oog voor Leen. Ik zal je vertellen, tenminste als je het horen wil en als je tegen de harde waarheid kunt, waarom die kinderen niet meer van je houden."

"Vertel maar. Ik voel dat ik het toch zal moeten aanhoren, of ik het leuk vind of niet."

"Liefde moet je zaaien. Met alcohol kan dat niet. Alcohol is een gelegaliseerde harddrug met een heel onvriendelijk en liefdeloos gezicht, een drug waarvan de omgeving ook het slachtoffer is. Het is een sluipend gif dat een heel gezin ontwricht en de liefde doodt. Uit alcohol kan niets moois groeien."

Stil zat vader voor zich uit te kijken. Hij knikte. Hij wist dat ze de waarheid sprak. Ontkennen had geen zin. Als hij liefde wilde zaaien, zou hij eerst zelf door de hel moeten. Goedschiks of kwaadschiks.

"Bert vertelde me eergisteren nog: 'We hebben alles om ongelukkig te zijn en we zijn het niet langer. Dat kan niemand begrijpen.' Toen ik hem vroeg hoe dat zo kwam, antwoordde hij: 'Wij hebben elkaar.'"

"Ja, ik moet het Bert nageven: hij heeft wel een goede kijk op de zaken. Wat heb ik in godsnaam veroorzaakt? Ben ik echt zo'n egoïst?"

"De mentale sporen kan niemand meer wissen. Ze zullen

vervagen, maar nooit helemaal verdwijnen. De schade is onherstelbaar. De woede, de razernij die alcohol veroorzaakt gaat nooit meer over. De kinderen zullen altijd jouw brandmerk dragen. Diep in zich."

"Wie zegt dat?"

"De huisdokter, Jempi."

"Ach die. Noem je hem bij de voornaam tegenwoordig?"

"Ga er eens langs. Praat met hem. Dokter Leplae kan meer dan je denkt. Je inzicht geven in je probleem bijvoorbeeld, zonder geleerde woorden."

"Niet nodig. Ik laat me opnemen. Ik wil in de ogen van mijn kinderen geen lafaard zijn die niet vecht voor hun liefde. Een scheiding maakt van mij geen ex-vader."

Vader stond op en liep de deur uit. Lia keek hem na en zuchtte.

Bert en Els hadden afgesproken elkaar op te wachten om samen naar huis te gaan na schooltijd. Vragend keken ze hun moeder aan. Met een hoofdknikje stelde Lia haar kinderen gerust. Ze wisten meteen dat hij geweest was en ze konden zo van moeders gezicht aflezen dat ze het gesprek goed doorstaan had.

"Hij is bereid vergiffenis te vragen. Aan jullie allebei."

Bert kuchte. Els was geschokt. Er zat zoveel eelt op haar ziel dat ze blokkeerde. Haar broer merkte het. Ze zou het komende kwartier niet erg spraakzaam zijn. Hij las het zo in haar ogen. Ze had behoorlijk de pest in.

"En jij dan?" vroeg hij zijn moeder.

"Voor mezelf verwacht ik niets. Als ik al flitsen van de jongen van vroeger in hem zou kunnen herkennen. Als hij nog maar half zo lief was, dan zouden jullie hem op handen dragen, geloof me."

"Voor jou wil ik het wel proberen, mama."

"Denk je dat je hem ooit kunt vergeven, Bert?"

"Vergeven kan altijd, maar of ik het ooit vergeet..."

"Dat vraagt ook geen mens van je, Bert."

"Mij lukt het wel hem onder ogen te komen. Wat denk jij, Els?"

Zonder woorden pleegden broer en zus overleg. Els' stemming bleef winters koud. Hij wist dat ze zich hard zou opstellen. Haar gezicht vertelde hem wat zij voelde. Vader had haat in haar gezaaid en de alcohol had ervoor gezorgd dat de haat een goede groeibodem vond. Zij was steeds ongenadiger in haar oordeel geworden.

"Ik mis hem niet. Ik wil hem nooit meer zien, mama. Ik wil niet meer naar zijn gezicht kijken terwijl hij lekker zit te smullen en er voor ons niets meer overblijft."

"Hij gaat je in de put trekken," waarschuwde Bert.

"Nu niet meer, jongen, nu niet meer. Ik ben los van hem. Als hij me naar beneden trekt, kan ik moeiteloos zijn hand loslaten. Ik ben van mijn Prozac af. Als ik nu loslaat, is het voorgoed."

Maanden gingen voorbij.

"Mama ziet hem nog. Af en toe."

"Hoe weet je dat, Bert?"

"Ze zegt niets, maar ik voel het."

"Ze zijn toch gescheiden? Waarom doet ze dat toch? Ze zal hem toch niet terugwillen?"

"Zoals hij nu is niet. Hij zit weer in de ontwenningskliniek."

Els schrok. Zij had een beeld voor ogen van iemand die zich te pletter zoop en ongewassen en ongeschoren van café naar café zwalkte. Het beeld dat ze in haar hoofd had, klopte niet met de werkelijkheid. Ze was even de kluts kwijt.

"Hoe weet je dat allemaal? Mama zegt niets."

"Mama wil ons niet kwetsen. De buurvrouw hier schuin

tegenover houdt me op de hoogte, hoewel ik er liever niets meer mee te maken heb."

"Hoe gaat het met hem?"

"Hij maakt een redelijke kans van de drank af te raken, schijnt het."

"Zou hij ooit nog dezelfde worden?"

"Hij misschien wel, Els, maar mama is een andere vrouw geworden. Zij laat ons nooit in de steek."

"Is er hoop dat wij ooit nog een normaal gezin worden?"

"Voor Leen is dat te hopen, maar ik ben er bijna zeker van dat we er ons leven lang de gevolgen van zullen dragen. Ik ben nu al met niets anders meer bezig. Daarbij, wat is een normaal gezin?"

"Wat heeft hem bezield? Hoe word je een droplul zoals hij?"

"Vader dacht, met elke slok die hij nam, dat zijn problemen kleiner werden, maar hij hield er geen rekening mee dat onze moeilijkheden daarmee steeds groter werden. Elke borrel moest de onzekerheid op een afstand houden. Als hij nu ophoudt met drinken, kan hij de wereld misschien aan."

"Voor mij hoeft het niet, Bert."

"Ik weet het ook niet. Wat is er trouwens mis met ons gezin zoals het nu is?"

"Vroeger was alles zo..."

"Vroeger komt nooit meer terug, zusje. In elk geval niet in dezelfde vorm."

"Voor Leentje zou ik het misschien toch wel willen doen. Zij mist papa het meest."

"Wat denk je dat mama doorstaat? Haar lief is haar afgenomen. Haar geliefde zit ook in een fles."

"Vroeger is voorbij. Over." Ze glimlachten elkaar toe. Hun rechterhanden klapten tegen elkaar.

119

# Nuttige telefoonnummers

## België

### AA
Anonieme alcoholisten
℡ 03/239 14 15

### Al-Anon
Hulp aan familie en vrienden van drankzuchtigen
tel. 03/218 50 56

### Kinder-en jongerentelefoon
℡ 078/15 14 13

### De Druglijn
℡ 078/15 10 20

### Vertrouwenscentrum Kindermishandeling
℡ 078/15 00 20

## Nederland

### Jellinek
Instelling voor preventie, zorg en behandeling bij afhankelijkheids- en verslavingsproblemen
℡ 020/570 22 20

### RIAGG
Geestelijke gezondheidszorg
℡ 020/549 47 77

**Paedologisch Instituut**
*Instituut voor kinder- en jeugdpsychiatrie, klinische psychiatrische gezinsbehandeling, speciaal onderwijs, opleiding en onderzoek*
✆ 020/698 21 31

**Stichting Korrelatie (telefonische hulpdienst)**
*Voor vragen over (geestelijke) gezondheid en welzijn*
Bereikbaar op werkdagen van 9.00u tot 21.00u
✆ 0900/1450 - www.korrelatie.nl